धागों की दुनिया

आयुष कुमार सिंह

धागों की दुनिया

घोषणा पत्र

यह पुस्तक एक काल्पनिक रचना है। इसमें वर्णित सभी पात्र, स्थान, घटनाएं, और संवाद लेखक की कल्पना का परिणाम हैं। यदि किसी जीवित या मृत व्यक्ति , समुदाय, संस्था , या स्थान से कोई समानता प्रतीत होती है, तो वह केवल एक संयोग मात्र है। लेखक का उद्देश्य किसी की भावना को आहत करना नहीं है।

आयुष कुमार सिंह

07/08/2025

नई दिल्ली

प्रस्तावना

लेखक की ओर से

“सत्य वही है जो मन को आनंद से भर दे, और झूठ वही जो जीवन को बोझ बना दे।”

हम एक ऐसे संसार में जी रहे हैं, जहाँ रिश्ते काँच की तरह चमकते हैं। परंतु अंदर से अक्सर खोखले होते हैं। लोग हँसते हैं, पर भीतर कहीं कुछ टूट चुका होता है। समाज विकास की बात करता है, लेकिन आत्मा की आवाज़ से दूर भागता है। “धागों की दुनिया” सिर्फ आर्या की कहानी नहीं है। यह उन सभी लोगों की कहानी है जो जीवन के सच्चे अर्थ को ढूँढते हैं। इस उपन्यास में पात्रों के भीतर एक उथल-पुथल है। माँ की बीमारी, गरीबी की मार,

न्याय की लड़ाई, प्रेम की चाह, मृत्यु का सन्नाटा, और आत्मा की शांति की खोज।

यह उपन्यास एक प्रश्न पूछता है। क्या हम वही जीवन जी रहे हैं जो हमें भीतर से संतोष देता है, या वही जिसे समाज ने हमें थमा दिया है?

हर अध्याय एक धागे की तरह है। कभी टूटता, कभी जुड़ता, कभी उलझता और कभी सुलझता हुआ। ये धागे मिलकर उस जीवन की बुनावट बनाते हैं, जिसे हम "सच" समझते हैं। पर वह शायद सिर्फ एक कठपुतली का खेल है। इस कहानी में दर्शन है, पर उपदेश नहीं। कला है, पर दिखावा नहीं। और सबसे ज़रूरी इसमें मानव मन की वह सच्चाई है जिसे हम अक्सर अनदेखा कर देते हैं।

आप जब इसे पढ़ें, तो बस इतना जानें यह कथा आपके भीतर के मौन से संवाद करेगी। और शायद, आपके ही किसी खोए हुए धागे को फिर से जोड़ दे।

– आयुष कुमार सिंह

धागों की दुनिया

कथासार

“हर जीवन एक धागा है। जो कभी जुड़ता है, कभी बिखरता है।”

यह उपन्यास आर्या नामक एक ग्रामीण लड़की की यात्रा है, जो अपनी माँ की बीमारी, समाज के अन्याय और आत्मिक प्रश्नों से जूझते हुए जीवन की सच्चाई तलाशती है।

वह जानकी, रेवा, विद्याधर, लालू, और विवेक जैसे पात्रों से मिलती है। जो जीवन के अलग-अलग धागों को उसके सामने खोलते हैं।

"धागों की दुनिया" केवल एक कहानी नहीं, बल्कि आत्मा की खोज, करुणा और सत्य की ओर बढ़ता हुआ एक मौन संवाद है।

यह उपन्यास हमें यही सोचने पर मजबूर करता है। क्या हम सच में जी रहे हैं? या केवल जीने का अभिनय कर रहे हैं?

लेखक: आयुष कुमार सिंह

1: कुंभाड़ी की बेटी

ग्राम कुंभाड़ी, बिहार की सीमा से लगे उत्तर प्रदेश के उस भूभाग में बसा था, जहाँ सुबहें ठंडी और धूल भरी होती थीं, और रातें अक्सर सन्नाटे में डूबी रहती थीं। यहाँ की मिट्टी सख्त थी, लेकिन लोगों के दिल उससे भी ज़्यादा कठोर लगते थे। खेतों में धान और गेहूँ की फसलें उगती थीं, पर सपनों का कोई मौसम नहीं होता था। और अगर होता भी था, तो वह सूख जाता था जैसे गाँव की बंजर ज़मीन।

इसी गाँव की एक टूटी-सी कच्ची गली के आखिरी छोर पर एक झोपड़ी थी, जहाँ आर्या अपनी माँ के साथ रहती थी। उम्र महज सोलह की, लेकिन चेहरा ऐसा जैसे ज़िंदगी की कई पगडंडियाँ देख चुकी हो। उसकी आँखों में एक गहरा झील जैसा ठहराव था, जहाँ कोई झाँक ले तो खुद को भूल जाए।

माँ सुनयना को पिछले कई महीनों से खाँसी हो रही थी। पहले-पहले सबने सोचा मौसमी असर होगा, लेकिन अब वह खाँसी शरीर को खोखला कर रही थी। उसकी साँसें अब गिनती में बची थीं। कोई इलाज न था, न पैसे, न समय।

"आर्या ज़रा पानी ला बेटी," माँ ने धीमे स्वर में कहा।

"हाँ माँ," आर्या ने मिट्टी के घड़े से लोटा भरा और माँ के पास बैठ गई। उसने माँ के माथे पर हाथ फेरा पसीना ठंडा और गीला था।

"तेरी पढ़ाई ठीक चल रही है?" माँ ने पूछा।

आर्या मुस्कुराई नहीं, बस सिर हिलाया। कहाँ से पढ़ती वो? स्कूल की फीस तक नहीं थी। गाँव का सरकारी स्कूल सिर्फ नाम का था। किताबें खत्म, मास्टर जी महीने में एक बार आते।

लेकिन आर्या की पढ़ाई कहीं और चलती थी। पेड़ों की छाँव में, खेतों के सन्नाटे में, और रात के आसमान में झिलमिलाते तारों में।

वो अक्सर खेतों में बैठकर पत्तियों पर उंगली फेरती और खुद से बातें करती "क्या पत्तियों को भी दर्द होता है जब हवा ज़ोर से चलती है?"

"क्या धरती जानती है कि हम उस पर चल रहे हैं?"

"क्या मेरी माँ मर जाएगी और मैं कुछ नहीं कर पाऊँगी?"

इन सवालों का जवाब किसी किताब में नहीं था। न ही किसी स्कूल में। लेकिन एक दिन उसने गाँव के उत्तर छोर पर रहने वाले गणेशदत्त वैद्य के बारे में सुना एक बूढ़ा आदमी जो जड़ी-बूटियों से इलाज करता था। कुछ लोग उसे पागल कहते, कुछ 'हकीम'।

आर्या ने तय कर लिया वो उससे मिलेगी। माँ को लेकर नहीं जा सकती थी इतनी दूर चल नहीं सकती थी माँ। पर वो खुद जा सकती थी।

अगली सुबह वो तड़के उठी। माँ अभी सो रही थी। सूरज निकलने में समय था। उसकी कमीज़ फटी हुई थी, लेकिन आँखों में एक अकथ साहस चमक रहा था। वो अपनी झोली में माँ की पुरानी एक साड़ी के टुकड़े में बंधी एक चिट्ठी लेकर निकली जिसमें माँ ने कभी पिता के लिए कुछ लिखा था।

उसने गाँव के बाहर की ऊबड़-खाबड़ पगडंडी पकड़ ली। जहाँ रास्ता खत्म होता था, वहाँ जंगल शुरू होता था। गणेशदत्त का घर उसी जंगल में था।

हर कदम पर वो डर रही थी। साँप, जानवर, और सबसे बड़ा डर असफलता। पर उसके भीतर कुछ था जो उसे खींचे लिए जा रहा था। शायद एक सवाल "क्या मैं माँ को ठीक कर सकती हूँ?

दिन के उजाले में भी यह जगह डरावनी लगती थी। सूखे पत्तों की सरसराहट, चिड़ियों की अजीब चहचहाहट, और घने पेड़ों की परछाई में छुपे अज्ञात डर ये सब आर्या के मन में डर बो रहे थे। वो कई बार रुकी पीछे देखा पर फिर माँ का पीला चेहरा याद आया और वह आगे बढ़ती गई।

करीब आधे घंटे बाद, जब पगडंडी अब रास्ता नहीं रह गई थी, उसे एक झोपड़ी जैसी आकृति दिखी।

झोपड़ी नहीं मानो कोई कुटिया हो जो वर्षों से धूप नहीं देखी। छत पर सूखे पत्ते और काले क़ाग़ज़ जैसे टंगे हुए थे। दीवारों पर बेलें लिपटी थीं। दरवाज़े पर टूटी हुई मटकी उल्टी रखी थी, और पास में दो काली बिल्लियाँ बैठी थीं जो आर्या को देख कर फुँफकारने लगीं।

आर्या का कलेजा काँप गया। उसे सच में लगा जैसे वह किसी डायन की कुटिया में आ गई हो। किताबों में जो डरावनी झोंपड़ियाँ होती थीं, वो कुछ ऐसी ही होती थीं।उसने दो कदम पीछे खींचे, पर फिर माँ की खाँसी याद

आई और उसने साहस जुटाकर लकड़ी के पुराने, दरकते हुए दरवाज़े पर धीरे से दस्तक दी। दरवाज़ा एक बार में नहीं खुला। उसने फिर ज़रा ज़ोर से खटखटाया, "कोई है?"

भीतर से कोई आहट नहीं हुई। पर तभी दरवाज़ा चरमरा कर धीरे-धीरे खुलने लगा मानो कोई अदृश्य शक्ति उसे खोल रही हो। और तभी एक बूढ़ा आदमी प्रकट हुआ।

सफ़ेद झाड़-दार दाढ़ी, आँखों में धँसी लाल डोरियाँ, सिर पर गेरुए रंग की चादर, और हाथ में सूखी तुलसी की माला। उसकी आँखें गहरी थीं। जैसे किसी संत की नहीं, किसी तपस्वी तांत्रिक की।

"कौन?" उसकी आवाज़ गूँजी, सूखी और गहरी।

आर्या की आवाज़ काँप रही थी "माँ बीमार है। बहुत खाँसती है। कुछ दवा चाहिए वैद्य जी आप ही हैं ना?"

बूढ़े ने गौर से देखा। "हूँ। मैं ही हूँ गणेशदत्त वैद्य। पर क्या दोगी तुम उसके बदले?"

आर्या चुप। उसने कुछ नहीं सोचा था। उसके पास न पैसा था, न सोना, न उपहार। सिर्फ एक झोली थी जिसमें माँ की पुरानी चिट्ठी थी। "मेरे पास कुछ नहीं है। बस माँ है बचा लीजिए उसे।"

वो झुककर ज़मीन पर बैठ गई। उसकी आँखें भर आईं।कुछ क्षण की चुप्पी रही। फिर बूढ़े वैद्य ने धीरे से मुस्कराया। "दवा की कीमत हर बार चीज़ों से नहीं चुकाई जाती। कभी-कभी साहस ही सबसे बड़ी क़ीमत होती है। तुम आई हो अकेली डर से लड़ती हुई। तुम्हारी आँखों में झूठ नहीं है, आर्या।"

आर्या चौंकी उसने अपना नाम नहीं बताया था।

"तुम्हें लगा जंगल में आने से डर लगेगा पर डर को पार करने वाले ही असली जीवित होते हैं।"

उसने अपनी झोपड़ी के कोने से एक छोटी सी पोटली निकाली पीले रंग के कपड़े में बंधी।

"इसे लेकर जाओ। एक गिलास गर्म पानी में इसकी एक चुटकी मिलाकर दो बार पिलाना। रात में न देना सिर्फ सुबह और दोपहर। और हाँ माँ की आँखों में देखना जब पिलाओ ताकि वो जाने, यह तुमने लाया है।"

आर्या ने सिर झुका दिया। "धन्यवाद वैद्य जी।"

"जाओ बेटी माँ को देर मत करना। और जब ठीक हो जाए, तो एक बार फिर आना यह जानने कि तुम क्या बनना चाहती हो।"

आर्या जैसे उड़ती हुई वापस लौटी। अब उसे डर नहीं लग रहा था। झाड़ियों की आवाज़ भी अब संगीत लग रही थी। काली बिल्लियाँ कहीं ग़ायब हो चुकी थीं। गाँव में पहुँचते ही वो सीधे माँ के पास भागी। माँ की साँसें अब बहुत हल्की चल रही थीं। उसने चूल्हे पर पानी गरम किया।पोटली खोली भीनी-भीनी महक थी। जैसे तुलसी,

सौंफ, और कुछ अज्ञात जड़ी-बूटियाँ। आर्या ने ठीक वैसा ही किया जैसा वैद्य ने कहा था। गर्म पानी में मिलाकर माँ को पिलाया। पहली घूंट के बाद ही माँ की खाँसी थोड़ी थमी।दूसरी बार देने के कुछ ही मिनटों बाद माँ की साँसें अब गहराई से चलने लगी थीं। रात होते-होते माँ गहरी नींद में थी। बिना खाँसी के। सुबह जब आर्या जागी, तो माँ रसोई में बैठकर कुछ पकाने की कोशिश कर रही थी।

"तू उठ गई बेटी?" माँ ने मुस्कराकर पूछा।

आर्या स्तब्ध रह गई। "माँ! तुम ठीक हो?"

"लगता है भगवान ने कोई चमत्कार कर दिया। रात को ऐसा लगा जैसे किसी ने मेरे सीने से बोझ हटा दिया हो।"

आर्या की आँखें भर आईं। पर वो जानती थी यह चमत्कार किसी भगवान ने नहीं, एक लड़की ने किया था। जो डर से लड़कर जंगल की कुटिया तक पहुँची थी।

2: वैद्य

सुबह का सूरज गाँव की कच्ची गलियों पर फैल रहा था। मिट्टी की दीवारों पर चमकते किरणों के साथ-साथ एक और रोशनी भी थी। आर्या के चेहरे पर। माँ के ठीक हो जाने के बाद, वह जैसे बदली हुई लगने लगी थी।अब उसके भीतर एक अजीब-सी आत्मिक ताकत आ गई थी।

गाँव की औरतें आते-जाते कह देतीं "तेरी बेटी तो देवी निकली, देखो कैसे अपनी माँ की जान बचा लाई!"

आर्या को यह सुनकर थोड़ा गर्व होता, पर वह जानती थी कि यह सिर्फ किस्मत नहीं थी। यह ज्ञान और साहस का फल था।

आर्या पढ़ाई में हमेशा से अच्छी थी। गाँव के स्कूल में जब भी शिक्षक कोई मुश्किल सवाल पूछते, तो वह बिना देर

लगाए जवाब दे देती। अक्षर उसकी उँगलियों में जैसे खेलते थे। पन्ने पलटते-पलटते उसकी आँखों में चमक आ जाती थी। मानो वह किसी और दुनिया में पहुँच गई हो, जहाँ सिर्फ किताबें और ज्ञान था।

गणित हो या विज्ञान, वह सब कुछ ऐसे समझती मानो शब्द उसके कानों में खुद-ब-खुद उतर रहे हों। स्कूल के मास्टरजी अक्सर कहते "आर्या, तू गाँव की पहली लड़की बनेगी जो बड़ी पढ़ाई करेगी।"

लेकिन सिर्फ पढ़ाई में अच्छा होना ही उसका मकसद नहीं था। माँ को खाँसते-खाँसते लगभग मृत्यु के करीब देखकर उसने महसूस किया गाँव में असली डॉक्टर होना कितना जरूरी है। वैद्य गणेशदत्त भले ही चमत्कारी थे, पर उनके पास सब आधुनिक साधन नहीं थे।

आर्या सोचती "अगर मैं डॉक्टर बन जाऊँ, तो न जाने कितनों की जान बचा सकती हूँ और शायद माँ जैसी किसी और को भी मौत से वापस खींच लाऊँ।"

रात को जब बाकी बच्चे खेलते थे, वह लालटेन के नीचे बैठकर किताब खोल लेती। उसके पन्नों में सिर्फ अक्षर नहीं, उसका भविष्य लिखा होता था।

एक दिन, माँ ने कहा "बेटी, तू वैद्य जी को धन्यवाद देने कब जाएगी?"

आर्या को याद आया, वैद्य गणेशदत्त ने कहा था "जब तेरी माँ ठीक हो जाए, एक बार फिर आना।"

वह अगले दिन सुबह-सुबह जंगल की पगडंडी पर निकल पड़ी। पर इस बार उसके कदमों में डर नहीं था। उसकी आँखों में एक सवाल था।

इस बार जंगल का रास्ता उसे उतना डरावना नहीं लग रहा था। पत्तों की सरसराहट में अब उसे किसी अनजानी धमकी की बजाय एक आमंत्रण सुनाई दे रहा था। कुटिया सामने थी। वही टूटी मटकी, वही बेलों से लिपटी दीवारें लेकिन इस बार आर्या का दिल धड़कने के बजाय एक

अलग-सी तसल्ली से भर गया। उसने दरवाज़े पर दस्तक नहीं दी। धीरे-धीरे अंदर कदम रखा।

भीतर अंधेरा था, बस एक तेल का दीया टिमटिमा रहा था। दीवारों पर सूखी जड़ी-बूटियाँ लटक रही थीं। कुछ तो इतनी पुरानी लग रही थीं मानो दशकों से वहीं हों। हवा में गंध थी तुलसी, कपूर, और मिट्टी की नमी का मिश्रण। सामने, एक छोटे लकड़ी के आसन पर गणेशदत्त वैद्य बैठे थे। आँखें बंद, हाथ में रुद्राक्ष की माला, और सामने रखी माँ भवानी की छोटी-सी मूर्ति।

मूर्ति पर हल्दी और सिंदूर लगा था, और उसके चरणों में चंदन की भीनी खुशबू फैल रही थी। आर्या चुपचाप दरवाज़े के पास बैठ गई। वह वैद्य की आँखें खोलने का इंतज़ार करने लगी, पर मंत्रों की धीमी-धीमी गूँज और दीये की लौ में उसका मन कहीं और ही चला गया।

कुछ देर बाद, वैद्य ने माला का अंतिम दाना जपा और आँखें खोलीं। उनकी निगाहें सीधी आर्या पर पड़ीं और वह मुस्करा दिए। "आ गई"

"जी" आर्या ने हल्की आवाज़ में कहा, लेकिन वह यह नहीं समझ पा रही थी कि अपनी असली बात डॉक्टर बनने की चाहत कैसे कहे।

वैद्य ने थोड़ी देर उसे देखा, फिर धीमे स्वर में बोले "तू कहना चाहती है। कि मेरी तरह लोगों का इलाज करना सीखे। पर तेरे मन में सिर्फ जड़ी-बूटी नहीं, बड़े इलाज का सपना है। सही कह रहा हूँ न?"

आर्या चौंकी "आप आपको कैसे पता?"

वैद्य हल्के से हँसे "मन की बातें आँखें बता देती हैं, बेटी। और तेरी आँखों में मैंने एक दिन पहले ही देख लिया था कि तू सिर्फ अपनी माँ के लिए नहीं, पूरे समाज के लिए जीना चाहती है।"

कुटिया से निकलते ही वह पगडंडी पर भागने लगी। ठंडी हवा उसके चेहरे से टकरा रही थी, और दिल में एक अजीब-सी खुशी का उफान था। जैसे कोई बोझ उतर गया हो और उसकी जगह उम्मीद का आसमान फैल गया हो।

पगडंडी के मोड़ पर एक बूढ़ा पिपल का वृक्ष खड़ा था। उसकी जड़ों ने जमीन को इस तरह जकड़ रखा था मानो धरती से उसका कोई अनकहा वादा हो। आर्या हमेशा मानती थी कि इस वृक्ष के नीचे माँगने से मनोकामनाएँ पूरी होती हैं।

उसने आँखें बंद कीं और मन-ही-मन कहा "हे भगवान मुझे सफल बनाना। मैं सिर्फ अपनी माँ के लिए नहीं, पूरे गाँव के लिए कुछ करना चाहती हूँ। मैं चाहती हूँ कि एक दिन लोग मुझे डॉक्टर आर्या कहें। पिता का साया तो बचपन में ही छिन लिया पर मां के दुखों को दूर करना मेरा दायित्व है। तभी मेरा जीवन सफल होगा।"

उसकी पलकों पर हल्की-सी नमी थी, पर होंठों पर दृढ़ मुस्कान। पिपल की पत्तियाँ हवा में हिल रही थीं, मानो उसकी दुआ सुनकर सहमति दे रही हों।

3: प्रवेश या परीक्षा?

गाँव के स्कूल में आर्या अब एक मिसाल बन चुकी थी।मास्टरजी के सवालों का जवाब वह इतनी आसानी से देती कि बाकी बच्चे हैरान रह जाते। गणित की पहेलियाँ हो या विज्ञान के प्रयोग, वह हमेशा सबसे आगे। गाँव के लोग कहते "ये लड़की तो किसी दिन बड़े काम करेगी, इसकी आँखों में चमक है।"

माँ उसे पढ़ते हुए देखती तो मन में गर्व भी आता और चिंता भी गर्व इस बात का कि बेटी गाँव का नाम रोशन करेगी, और चिंता इस बात की कि कहीं यह सपना अधूरा न रह जाए, जैसे बहुतों का रह जाता है।

10वीं में उसने पूरे जिले में टॉप किया था। जब 11वीं में एडमिशन लेने का समय आया, तो उसने बिना किसी झिझक के विज्ञान चुना।

मास्टरजी ने पूछा "आर्या, साइंस लेना आसान नहीं है, खासकर बायोलॉजी यह बहुत मेहनत माँगता है।"

आर्या मुस्कराई "मास्टरजी, अगर मेहनत से डर जाऊँ तो सपना कैसे पूरा होगा?"

अब उसके दिन और रात किताबों, प्रैक्टिकल नोट्स और चार्ट पेपर्स में बीतने लगे। फेफड़ों का डायग्राम बनाते हुए वह सोचती "एक दिन मैं इनकी बीमारी खुद पहचानूँगी और इलाज भी करूँगी।"

12वीं की परीक्षा के बाद, रिज़ल्ट आने तक भी वह चैन से नहीं बैठी। गाँव के बाजार में एक दिन उसने देखा शहर के मेडिकल कॉलेज के प्रवेश-फॉर्म बिक रहे हैं। उसने बिना देर किए एक फॉर्म खरीदा। फॉर्म भरते समय उसकी उंगलियाँ हल्का-हल्का काँप रही थीं। नाम, पता, जन्मतिथि सब तो आसान था, लेकिन जब 'पसंदीदा कोर्स' के सामने उसने लिखा एम.बी.बी.एस, तो उसे लगा

जैसे उसने अपने सपने पर पहली बार औपचारिक मुहर लगा दी हो।

माँ को जब बताया, तो आँखों में आँसू आ गए। "बेटी, तू जरूर डॉक्टर बनेगी मेरी दुआ तेरे साथ है।"

माँ अकेली थीं। पिता का साया बचपन में ही उठ गया था, और तब से घर की हर ज़िम्मेदारी माँ के कंधों पर थी। दिन में खेतों में मजदूरी, रात में सिलाई-बुनाई बस इसी तरह घर चलता।

आर्या को पढ़ाने के लिए माँ ने न जाने कितनी बार अपने हिस्से का खाना कम किया। नया कपड़ा भी तब मिलता, जब बहुत ज़रूरी हो। कभी-कभी तो चूल्हे में लकड़ी भी खरीदनी पड़ती, और तब माँ की आँखों में चिंता साफ दिखती।

इसी बीच 12वीं का नतीजा आया। गाँव का डाकिया सुबह-सुबह ख़बर लाया "आर्या, तूने फिर टॉप किया है। पूरे जिले में नाम रोशन कर दिया!"

माँ की आँखों में खुशी की नमी थी। "देखा मैंने कहा था न, तू एक दिन कमाल करेगी।"

आर्या भी मुस्कराई, लेकिन जानती थी कि यह सिर्फ एक पड़ाव है, मंज़िल नहीं।

जिस मेडिकल कॉलेज का फॉर्म उसने भरा था, उसकी प्रवेश परीक्षा बनारस में होनी थी। तारीख तय हो गई बस अब तैयारी के साथ-साथ यात्रा के इंतज़ाम भी ज़रूरी थे।

माँ ने बक्से से अपने पुराने बचत के नोट निकाले। "ये ले बेटी, बनारस जाने का किराया और रहने-खाने के पैसे।"

नोटों के किनारे घिस चुके थे, जैसे वक्त ने उन्हें भी थका दिया हो। लेकिन माँ की तबीयत इन दिनों बिगड़ने लगी थी। उम्र का असर, ऊपर से लंबे समय से सिरदर्द और थकान अब वह देर तक काम नहीं कर पाती थीं। रात को अक्सर खामोशी में उनकी खाँसी गूँजती, और आर्या को नींद नहीं आती।

परीक्षा का दिन नज़दीक था। आर्या के मन में एक तरफ डॉक्टर बनने का सपना था, तो दूसरी तरफ माँ की बिगड़ती सेहत की चिंता।

गाँव से बनारस तक का सफ़र लंबा था। पर सबसे लंबा सफ़र तो शायद उसकी भावनाओं का था।

उसने माँ का माथा सहलाते हुए कहा "मैं जल्दी लौट आऊँगी, और ये परीक्षा मेरे लिए नहीं हम दोनों के लिए है।"

माँ ने सिर्फ इतना कहा "जा बेटी भगवान तेरे साथ है।"

परीक्षा की तैयारी के साथ-साथ सबसे बड़ा सवाल था। माँ की देखरेख कौन करेगा?

गाँव में सिर्फ एक ही भरोसेमंद व्यक्ति थे। वैद्य गणेशदत्त जी। आर्या ने उनके पास जाकर कहा "वैद्य जी,

मैं दो दिन के लिए बनारस जा रही हूँ माँ की तबीयत देख लीजिएगा।"

गणेशदत्त जी ने गंभीरता से सिर हिलाया "तुम निश्चिंत रहो बेटी, मैं रोज़ देख लूँगा।"

उसने माँ के चरण छूकर आशीर्वाद लिया और आँखों में नमी लिए बनारस की बस पकड़ ली।

बनारस पहुँचते ही उसे जैसे किसी दूसरी दुनिया में उतार दिया गया हो। गलियों में ठेलों की आवाज़ें, सड़कों पर गाड़ियों का शोर, और भीड़ का अनंत समुंदर आर्या ने पहले कभी इतनी हलचल नहीं देखी थी।

उसने एक सस्ते धर्मशाला में कमरा लिया। दो दिन वहीं रहना था। किताबें उसके साथ थीं, लेकिन दिमाग बार-बार माँ की तरफ भाग जाता।

परीक्षा वाले दिन सुबह से ही केंद्र के बाहर भीड़ लग गई थी। किताबों के पन्ने पलटते हुए उसका दिल तेजी से

धड़क रहा था। शाम तक प्रश्नपत्र के हर सवाल के साथ उसने अपने सपने की ओर एक-एक कदम बढ़ाया। परीक्षा खत्म होते-होते आसमान में हल्की धुंध और ठंडी हवा फैल गई। वह जैसे ही धर्मशाला वापस पहुँची, उसका फोन बजा।

"बेटी तुम्हारी माँ, सुनयना देवी अब इस दुनिया में नहीं रहीं।"

आर्या के हाथ से फोन गिर गया। पैरों तले ज़मीन जैसे खिसक गई हो। पिता तो पहले ही चले गए थे, अब माँ भी वह अब सचमुच अकेली हो चुकी थी पूरी तरह अनाथ।

उसके अंदर का दर्द चीख बनकर बाहर आना चाहता था, लेकिन शब्द गले में अटक गए। बनारस की गलियों में दौड़ते हुए वह सीधे स्टेशन पहुँची। टिकट लेने का होश नहीं, किस ट्रेन में बैठी इसका भी अंदाज़ा नहीं।

बस एक ही ख्याल था। "माँ के पास पहुँचना है अभी।"

भीड़ में धक्के खाते-खाते वह किसी तरह एक ट्रेन में चढ़ी और रात भर खिड़की से बाहर अंधेरे को देखती रही। उस अंधेरे में उसे अपना पूरा भविष्य डूबता दिखाई दे रहा था।

ट्रेन पूरी रात भागती रही, लेकिन आर्या को लगा समय थम गया है। खिड़की से दिखते अंधेरे पेड़ों की परछाइयाँ, पटरियों की आवाज़, और बीच-बीच में आने वाले स्टेशनों की भीड़ सब धुँधला था।

उसके कानों में सिर्फ एक ही आवाज़ गूँज रही थी "तुम्हारी माँ अब नहीं रहीं।"

सुबह जब वह गाँव पहुँची, तो गली के मोड़ पर ही भीड़ दिखाई दी। घर के आँगन में सफेद चादर बिछी थी, और उसके ऊपर माँ की निर्जीव देह। माथे पर हल्दी और चावल, और चारों तरफ़ रोते-बिलखते लोग।

आर्या की आँखों से आँसू नहीं, बल्कि एक सन्नाटा बह रहा था। वह माँ के पास बैठी, उनके ठंडे हाथ अपने हाथों में थाम लिए।

"माँ मैं आ गई हूँ देखो" लेकिन अब कोई जवाब नहीं था।

गाँव के लोग, पड़ोसी, रिश्तेदार सब इकठ्ठा हो गए। बांस की अर्थी बनाई गई, और माँ को कंधों पर उठाकर श्मशान ले जाया गया। अग्नि की लपटें उठीं और आर्या ने महसूस किया कि उसके जीवन का आधा हिस्सा उसी आग में समा गया।

श्मशान से लौटते समय वैद्य गणेशदत्त जी उसके पास आए। उनकी आँखों में भी नमी थी। "बेटी, भगवान ने तुझे कठिन परीक्षा में डाला है। पर याद रख, तेरी माँ तुझ पर गर्व करती थी। तू टूटना मत।"

आर्या ने कुछ नहीं कहा, बस चुपचाप सिर झुका लिया। उस पल उसे एहसास हुआ कि अब उसे अपनी लड़ाई अकेले लड़नी है।

गाँव की औरतें बारी-बारी से उसके पास आईं, किसी ने खाना लाकर रखा, किसी ने सिर पर हाथ फेर दिया। बच्चे भी चुपचाप उसे देखते रहे, मानो समझ गए हों कि अब यह लड़की अनाथ बन गई है, जिसके पास खुद का कोई नहीं बचा।

4: बाढ़

समय बीता एक दिन गांव में डाकिया जब लिफ़ाफ़ा लेकर आया, तो बच्चे उसके पीछे-पीछे दौड़ते रहे। आर्या के हाथ काँप रहे थे।उसने धीरे से लिफ़ाफ़ा खोला और अंदर का कागज़ देखा उसने कॉलेज की प्रवेश परीक्षा पास कर ली थी वो भी अच्छे अंकों के साथ।

गाँव में हर कोई खुश था, पर आर्या के मन में एक चुप्पी थी। पढ़ाई आगे बढ़ाने के लिए शहर जाना जरूरी था, लेकिन उसके पास फीस और रहने का खर्च उठाने लायक पैसे नहीं थे। माँ अब नहीं थीं, और पिता तो पहले ही इस दुनिया से जा चुके थे।

अब वह अपने छोटे से घर में अकेली रहती थी। सुबह चूल्हा जलाकर खुद खाना बनाती, दोपहर में थोड़ा काम करने बाहर निकलती किसी के खेत में बुवाई में हाथ

बँटाना, तो कभी हाट में सब्ज़ियों के टोकरे उठाना। रात को मिट्टी के दीये की रोशनी में किताबें खोलकर बैठ जाती। उसका सपना डॉक्टर बनने का था, लेकिन हालात उसकी राह में दीवार की तरह खड़े थे।

गाँव में एक व्यक्ति था विद्याधर मल्लिक। उम्र चौतीस साल, पेशे से काष्ठ-शिल्पी। वह सूखी बांस की लकड़ियों से बांसुरी बनाता और पास के हाट में बेचता। उसकी बनाई बांसुरी की धुन में एक अजीब सा खिंचाव था मानो हवा भी सुनकर ठहर जाए।

विद्याधर की पत्नी जानकी रसदार आमों-सी मीठी और हवाओं-सी नर्म स्वभाव वाली थी। उनकी सात साल की बेटी मीरा हमेशा बांसुरी की आवाज़ पर नाचने लगती।

बस यही एक परिवार बचा था जो आर्य को सहारा देता था नहीं तो सब धीरे–धीरे भूल चुके थे।

जानकी, आर्या को अपनी बेटी की तरह चाहती थी। त्योहारों के दिन वह आर्या के घर जाकर उसकी थाली में लड्डू और पूरी रख देती, "तू अकेली क्यों खाएगी बेटी, आ, हमारे साथ खा ले।"

विद्याधर भी उससे ऐसे बात करता जैसे वह परिवार का हिस्सा हो। कभी-कभी अपनी नई बनी बांसुरी उसे दे देता "रख ले, तेरे कमरे में भी हवा चले तो अच्छा लगेगा।"

आर्या के लिए यह अपनापन किसी दवा की तरह था। जो उसकी तन्हाई को थोड़ा हल्का कर देता था।

सुबह की धूप जब मिट्टी की दीवारों पर रेंगती हुई आँगन तक पहुँचती, तब तक आर्या अपनी आँखें खोल चुकी होती थी। एक अजीब-सी खामोशी थी, जो हर सुबह उसके साथ जागती और हर रात दीपक बुझने तक उसके भीतर बैठी रहती थी। वह चूल्हे पर हाथ धोकर दो पतली रोटियाँ सेंकती, नमक-हरी मिर्च रखती और माथे पर आँचल

टिका कर ईश्वर से बस इतना कहती, “आज भी दृढ़ रखना, मुझे हारना नहीं है।”

इसके बाद वह छोटी-सी गठरी बाँधकर खेतों की ओर निकल पड़ती कहीं रोपाई में हाथ बँटाती, तो कहीं गुड़ाई करती। जिस दिन खेत का काम न मिलता, उस दिन वह हाट में टोकरी उठाकर विद्याधर की मदद करती। कड़ी धूप में उसका पसीना पीठ पर बहता, पर मन हमेशा एक ही मंत्र दोहराता रहता – “मुझे हार नहीं माननी है।” दोपहर होते ही विद्याधर मल्लिक की पत्नी जानकी अक्सर उसके हाथ में रोटी-सब्ज़ी की पोटली रख देतीं जैसे माँ की जगह किसी ने दूसरी माँ को भेज दिया हो। मीरा उसकी गोद में बैठकर खिलखिलाती और कहती, “आर्या दीदी, तू हमारे घर क्यों नहीं रहती?” और आर्या बस मुस्करा भर देती, क्योंकि वह जानती थी कि उसका घर कोई दीवारों वाला नहीं, बल्कि उसकी आँखों में पलने वाला सपना है।

शाम होते-होते वह किताबों का थैला उठाती और जंगल की तरफ़ चल पड़ती उसी राह पर जहाँ वैद्य गणेशदत्त की रहस्यमयी कुटिया थी। अब यह उसका रोज़ का क्रम बन चुका था। दिन में वह पेट के लिए काम करती और सूर्य ढलने के बाद आत्मा के लिए पढ़ाई। वैद्य जी उसे विभिन्न जड़ी-बूटियाँ दिखाते नीम की छाल, अपामार्ग की जड़े, अश्वगंधा की पत्तियाँ और कहते, "बीमारियाँ सिर्फ़ शरीर में नहीं होतीं बेटी, कभी-कभी दुःख मन में बसे होते हैं।" आर्या मिट्टी पर घुटनों के बल बैठ जाती, लकड़ी की कलम से हर पौधे का नाम, रंग, गंध और उसके गुण अपनी कॉपी में उतारती रहती। इन रातों को वह पढ़ती नहीं थी, वह जैसे अपने भविष्य को आकार दे रही थी।

जब वह वापस लौटती थी तब तक गाँव सो चुका होता। रास्ते में सिर्फ जुगनू चमकते और कहीं-कहीं कुत्तों के भौंकने की आवाज़ आती। घर पहुँचकर वह दीये की लौ के पास बैठती और धीरे से अपनी किताबों को सीने से

लगाकर आँखें बंद कर लेती जैसे उन पन्नों में छिपा डॉक्टर बनने का सपना उसके भीतर एक आग की तरह जल रहा हो। अकेले घर में न माँ थी, न पिता पर उसके भीतर एक ऐसा साहस पल रहा था, जो कहता था "अभी रुकना नहीं है। एक दिन सब कुछ बदलेगा।"

किंतु प्रकृति को यह मंजूर नहीं था। दोपहर की उमस भरी हवा जैसे कई दिनों से कोई गुप्त बात कहने की कोशिश कर रही थी। आसमान में बादल काले होकर मंडराने लगे थे। गाँव के लोग कहते थे "इस बार गंगा का रंग ठीक नहीं दिख रहा है।" आर्या तो बस अपने काम और किताबों के बीच डूबी रहती थी, लेकिन उसे भी महसूस हो रहा था कि कुछ अनहोनी पास आ रही है। धीरे-धीरे खेतों में पानी भरने लगा, और तीन दिनों की लगातार बारिश ने गाँव को लगभग डुबो ही दिया।

उसका अपना छोटा-सा घर थोड़ा ऊँचे टीले पर था, इसलिए पानी वहाँ नहीं पहुँच पाया। पर शेष गाँव मिट्टी की दीवारें, खपरैल की छतें, गोबर से लिपे आँगन सब एक-एक कर गहरे पानी और गंगा की बाढ़ में घुलने लगे। खेतों की फसलें बह गईं। जिसकी मेहनत पर छह महीने से बारिश-धूप लगी थी, वह अब गंगा की मटमैली धारा में बस एक सपना बनकर बह रही थी। मजदूरी बंद हो गई, काम मिलना भी एक चमत्कार जैसा हो गया।

इन्हीं दिनों विद्याधर मल्लिक का घर भी पानी में समा गया। बाँसुरी बनाने का सारा सामान मुश्किल से वह छत तक चढ़ा पाए, पर बचा ना सके। जानकी और मीरा की आँखों में डर था – "अब कहाँ जाएँ?" बुख़ार सा चढ़ा हुआ वातावरण और बहता हुआ सब कुछ देखकर विद्याधर खुद भी टूटने लगे थे।

आर्या ने यह सब देखा तो बिना एक पल सोचे, उनके सामने जा खड़ी हुई "तुम लोग मेरे घर चलो मेरा घर बचा

है। माँ तो अब रही नहीं पर ये घर अब भी किसी को थाम सकता है। आप लोग मेरे माता पिता जैसे हो।"

जानकी ने पहले तो इंकार किया लेकिन आँखों से बहते आँसुओं ने सब कह दिया। "बेटी तू तो हमारी अपनी निकली"

उस रात पहली बार आर्या के घर में रौनक थी, लेकिन वह रौनक आँसुओं की थी।

विद्याधर, जानकी, और मीरा तीनों उसके घर आ बैठे।

आर्या ने उनके लिए चूल्हे पर पतली-सी खिचड़ी बनाई।

मीरा ने उसके गले से लिपटकर कहा "दीदी तू परी है ना? तभी हमें बचा लाई?"

आर्या बस मुस्कुरा दी। मन-ही-मन उसने सोचा “सब कुछ खो दिया है। पर शायद देने का समय यही होता है, जब खुद के पास कुछ खास न हो।”

बाढ़ का पानी धीरे-धीरे उतरने लगा, लेकिन गाँव के चेहरों पर फैली उदासी वैसी ही रही।

विद्याधर का परिवार कई दिनों तक आर्या के घर रहा और उन दिनों में पहली बार उसे समझ आया कि जरूरत पड़ने पर एक अकेली लड़की भी किसी का सहारा बन सकती है।

अगले ही हफ्ते तक बाढ़ का पानी उतर चुका था, पर गाँव की मिट्टी में वह नमी रह गई थी जिसे दर्द कहते हैं। इतने दिनों से आर्या के घर में टिके विद्याधर मल्लिक अब रोज़ छत से नीचे उतरते समय एक गहरी साँस लेते बाँसुरी का काम तो गया, ऊपर से अब पास में ढंग का बाँस भी नहीं बचा था। जानकी चुपचाप झाड़ू लगाती रहती लेकिन सबकी आँखों में एक ही सवाल था। "अब आगे क्या?"

एक सुबह चूल्हे के पास बैठकर जानकी ने धीमे स्वर में कहा, "अब और बोझ नहीं बन सकते इस बच्ची पर"

विद्याधर ने मौन स्वर में सिर हिलाया। "कुछ बाँस बचे हैं, थोड़ी लकड़ी भी मैं सोचा हूँ शहर चलें। सुना है लखनऊ में एक बड़ी मंडी लगती है जहां काम मिल सकता है। अपने गाँव के भी तो कई लोग वहीं कमाने लगे हैं। यहाँ रहेंगे तो भूख ही बचेगी।"

जानकी ने मीरा को गले लगाते हुए कहा "हाँ शहर में चाहे झोंपड़ी मिले पर रोज़ी तो मिलेगी।"

उन्होंने आर्या को सामने बिठाया और कहा, "बेटी, बहुत दिन तेरे घर पर डटे रहे। तू न होती ना तो पता नहीं इस बाढ़ में हम कहाँ बह गए होते पर अब हमें निकलना होगा।"

आर्या ने चुपचाप सिर हिलाया, पर उसका गला भर आया। मीरा उसके पैरों से लिपट गई "दीदी, तू चल ना हमारे साथ"

आर्या ने उसके बाल सहलाए "तुम लोग पहले जम जाओ मैं भी जल्दी आऊँगी।"

विद्याधर ने एक छोटी सी पोटली तैयार की उसके अंदर कुछ बाँस की कतरनें, औज़ार, माँ भवानी की तस्वीर और बाँसुरी के अधटूटे सुर थे।

जब जाने का समय आया तो जानकी ने आर्या के सिर पर आँचल रखा, "तू हमारे लिए बेटी जैसे है हमे भूलना मत।"

आर्या कुछ भी बोल ना सकी। बस उनकी पोटली उठाने में मदद करती रही। गाँव की पगडंडी से जब वे तीनों आगे बढ़ रहे थे विद्याधर कंधे पर फटी बोरी, जानकी के हाथ में मीरा की उँगली तो आर्या मुंड़ेर के सहारे खड़ी रही आँखें भरी और होंठों से बस एक शब्द निकला, “जल्दी लौट आना”

पर वो जानती थी ये विदाई सिर्फ लोगों की नहीं थी, बल्कि उसके बचपन के आख़िरी सहारे की भी विदाई थी।

5: संघर्ष

लखनऊ की सँकरी गलियों में एक युवक रोज़ाना अपने कंधे पर बांसुरियों का गट्ठर लटकाए घूमता था। उसका नाम विद्याधर था। गाँव से वह बड़े सपने लेकर आया था कि यहाँ उसकी कला की कद्र होगी, उसकी बांसुरी की मधुर तानें लोगों के दिलों को छू लेंगी। किंतु शहर ने उसे बहुत जल्दी यह सिखा दिया कि यहाँ कला की नहीं, नोट की कीमत होती है।

बाजार में उसने पहली बार जब अपनी बांसुरी सजाकर रखी थी तो उम्मीद थी कि लोग भीड़ की तरह टूट पड़ेंगे। किंतु वास्तविकता ने उसका भ्रम तोड़ दिया। दो–चार लोगों ने हाथ में लेकर घुमाया, फूँक मारकर सुर निकाला और बिना मूल्य पूछे ही चल दिए। धीरे-धीरे उसे समझ आने लगा कि यहाँ कला का सम्मान केवल उन तक

सीमित है जिनके पास नाम, शोहरत और पहुँच है। एक गुमनाम कलाकार की कोई हैसियत नहीं।

फिर भी हार मानना उसकी फितरत में नहीं था। उसने ठान लिया कि वह बांसुरी बनाएगा और बेचेगा। अपने हाथों से, अपने पसीने से। हर शनिवार और रविवार को वह चौक और अमीनाबाद के बाज़ारों में बांसुरियाँ लेकर बैठता। उन दिनों लोगों की चहल-पहल रहती, बच्चे उत्साहित होकर बांसुरी खरीदते और कई बार परिवार भी। शेष दिनों में वह गलियों और मोहल्लों में घूम-घूमकर आवाज़ लगाता "बांसुरी लो! मीठी तान वाली बांसुरी!"

धीरे-धीरे उसकी आवाज़ लोगों के कानों में बसने लगी। कोई-कोई ग्राहक रुककर पूछ ही लेता, कोई बच्चा जिद पकड़ लेता, तो कहीं कोई संगीत प्रेमी उसका काम सराह देता। महीने के अंत तक पाँच से दस हज़ार रुपये की आमदनी हो जाती थी। यह रकम बहुत नहीं थी, मगर जीविका चलाने के लिए पर्याप्त थी।

उसकी पत्नी भी उसके साथ थी। एक सच्ची जीवनसंगिनी। दोनों मिलकर घर का छोटा सा संसार सँभालते। पैसों की कमी थी, पर उम्मीद और आस्था कभी कम नहीं हुई। उनके घर में कई बार चूल्हा देर से जलता, पर एक-दूसरे का हाथ पकड़कर वे हर कठिनाई का सामना कर लेते।

शहर के कोलाहल के बीच भी जब विद्याधर रात को अपनी बांसुरी पर स्वर छेड़ता तो उसकी आँखों में एक चमक होती। उसे लगता जैसे बांसुरी उसके दुख-दर्द को सोखकर मधुर धुन में ढाल देती है। यह संगीत ही उसका सहारा था, उसकी जीवनशक्ति।

वह जानता था कि शायद लखनऊ के इस चकाचौंध भरे संसार में उसकी कला का मूल्य न हो, पर उसे पूरा विश्वास था कि एक दिन उसकी मेहनत और बांसुरी की तान किसी बड़े मंच तक पहुँचेगी। तब तक वह जूझता

रहेगा, संघर्ष करता रहेगा क्योंकि उसके लिए हारना संभव ही नहीं था।

इधर गाँव में आर्या बिल्कुल अकेली पड़ चुकी थी। किंतु आश्चर्य की बात यह थी कि वह टूटी नहीं। उसकी आँखों में आँसू ज़रूर थे, मगर दिल में एक अजीब-सी दृढ़ता भी जाग उठी थी जैसे माँ-पिता दोनों ने अपनी अंतिम शक्ति उसी को सौंप दी हो।

वैद्यजी उसके पास खड़े थे। उनके चेहरे पर करुणा और अपनापन दोनों झलकते थे। उन्होंने आर्या के सिर पर हाथ रखकर कहा "बेटी, शिक्षा और सेवा यही तुम्हारी असली शक्ति है। जो सीखा है, उसे मत छोड़ना। यही तेरे जीवन की राह बनेगी।"

उन शब्दों में आर्या को नई ऊर्जा मिली। उसने पढ़ाई की डगर फिर से थामी। दिन ढलते ही वह वैद्यजी की कुटिया पहुँच जाती, जहाँ औषधियों की पोटलियाँ, सूखी जड़ें और

पत्तियों की गंध उसे आकर्षित करतीं। धीरे-धीरे उसने औषधियों की पहचान करना सीख लिया—कौन-सा पत्ता बुखार में काम आता है, कौन-सी जड़ घाव भर देती है, कौन-सी छाल दर्द हर लेती है। वैद्यजी उसे समझाते, और आर्या उन्हें ध्यान से सुनती, जैसे हर शब्द उसके दिल पर अंकित हो रहा हो।

रात में जब गाँव गहरी नींद में डूब जाता, तो आर्या दीये की लौ तले अपनी किताबें खोल लेती। काली स्याही से लिखे अक्षर उस लौ में सुनहरे से लगते। कई बार नींद आँखों पर हावी हो जाती, मगर वह सिर झटककर फिर पढ़ने लगती। उसे लगता मानो यही किताबें उसके लिए एक नया संसार बुन रही हों।

लेकिन केवल पढ़ाई और सेवा से जीवन नहीं चलता था। घर का चूल्हा भी जलना था। आर्या जानती थी कि उसे अब कुछ काम ज़रूर करना होगा। खेतों में मजदूरी करके थोड़े पैसे मिलते थे, मगर उसमें उसका पूरा दिन खत्म हो

जाता और पढ़ाई का समय छिन जाता। तब वैद्यजी ने ही कहा "तू मेरे साथ आ जाया कर, जब मैं गाँव के रोगियों को देखने जाता हूँ। साथ रहेगी तो सीख भी पाएगी, और लोग तुझे भी कुछ न कुछ दे देंगे।"

आर्या को यही रास्ता सही लगा। अब वह रोज़ वैद्यजी के साथ गाँव के कोने-कोने तक जाती। किसी घर में किसी को बुखार होता, तो वह जड़ी-बूटी घोलकर देती। कहीं किसी बच्चे के हाथ-पाँव छिल जाते, तो वह पट्टी बाँध देती। लोग उसे आशीर्वाद देते, और बदले में कभी अन्न का एक मटका, कभी दाल-चावल की मुट्ठी, तो कभी थोड़े-बहुत पैसे उसके हाथ में थमा देते।

धीरे-धीरे यही उसकी दिनचर्या बन गई। खेतों में मजदूरी करने की ज़रूरत नहीं रही। घर में चूल्हा जल जाता, और साथ ही उसे अपने सपनों की पढ़ाई के लिए भी समय मिल जाता। आर्या को अब लगने लगा कि उसका जीवन चाहे कितना कठिन क्यों न हो, मगर वह अकेली नहीं है।

वैद्यजी की सीख और अपने श्रम की कमाई यही उसका सहारा है।

आर्या का सपना था डॉक्टर बनना था, एम.बी.बी.एस करना था, पर हालातों ने उसकी राहें बदल दीं। वह लक्ष्य तक तो न पहुँच पाई, पर उसके पास आयुर्वेद और मनोविज्ञान का गहरा ज्ञान था। असफलता उसके जीवन की साथी बनी, लेकिन उसने सीखा कि हर क्षण ही एक परीक्षा है। यही तो संगर्ष है, और यही तो मनुष्य जीवन की सबसे बड़ी सुंदरता है।

संगर्ष हमें गिरने से नहीं रोकता, बल्कि गिरकर उठना सिखाता है। असफल होकर भी जो पुनः खड़ा होता है, वही सच्चा योद्धा होता है। वही अपने जीवन को अर्थ देता है, वही अपने अस्तित्व को जगा पाता है।

6: सुर का मौन

शाम के ढलते उजाले में शहर का ओवरब्रिज एक अजीब-सा शोर समेटे रहता। लोग जल्दी-जल्दी कदम बढ़ाते, रिक्शों की टंकार, बसों का धुआँ और रेडियो पर बजते फिल्मी गाने। इन्हीं सबके बीच, एक कोने में, फटी-सी चटाई पर विद्याधर रोज़ अपनी बाँसुरी लेकर बैठ जाता। उसके सुरों में गाँव की मिट्टी की गंध थी, नदी की महक थी ऐसी सादगी कि थके-हारे राहगीर भी दो पल रुककर सुन लेते। कोई पाँच रुपये डाल देता, कोई मुस्कान दे जाता। यही उसकी रोज़ी-रोटी थी।

पर उस दिन शाम को सुर टूट गया पुलिस के दो सिपाही आ धमके।"अवैध हॉकर? फुटपाथ ऑक्यूपाई करोगे? चलो थाने!"

विद्याधर गिड़गिड़ाया, पर किसे फुर्सत थी सुनने की? पाँच सौ रुपये का जुर्माना लगा वही पाँच सौ, जो चार हफ्तों की बचत थी।

रात घर पहुँचा तो मीरा का शरीर तप रहा था। बुख़ार 102° पहुँच चुका था।

जानकी ने आँचल निचोड़ते हुए कहा। "सुबह से ही मन ठीक नहीं था और शाम होते-होते देह तपने लगी।"

विद्याधर ने बुझी आँखों से उत्तर दिया "मौसमी बुखार है, ठंडी पट्टी दो ठीक हो जाएगा।"

अगली सुबह जब मीरा की आँखें खोलीं तो उनमें पीला पीलिया उतर चुका था। डॉक्टर ने पर्ची पर लिखा "आईसीयू चाहिए। दवाएँ।" कुल खर्चा दस हजार का था।

घर में चुप्पी फैल गई। दरवाज़े पर एक नयी बाँसुरी रखी थी विद्याधर रात-रात भर उसे बनाता रहा था, मगर आज वह भी जैसे मौन हो गई।

विद्याधर लाचार होकर लकड़ी के कारख़ाने के मालिक के पास पहुँचा जहां से अक्सर लकड़ियां खरीदता था।

“साहब, एडवांस मिल जाए बच्ची की जान पर बनी है।”

मालिक ने कहा “काम के बदले लोन दूँगा, ब्याज सहित काट लूँगा।”

विद्याधर ने बिना सोचे काग़ज़ों पर अंगूठा रख दिया।

पर हाथ में आए सिर्फ़ चार हज़ार दवा आधी भी न खरीदी जा सकी। सरकारी अस्पताल में बिस्तर नहीं मिला। उम्मीद धीरे-धीरे राख बन रही थी।

बिजली कड़की, और शहर में मूसलधार बारिश घिर आई। झुग्गी के बाहर सड़कें पानी-पानी थीं, लोग बस स्टैंड के नीचे सहमे खड़े। भीतर जानकी ने भीगी कपड़े की पट्टी मीरा के माथे पर रखी।

मीरा ने आधी-मुंदी आँखों से पूछ “बाबा वो झूला कब आएगा?”

विद्याधर के कानों में यह प्रश्न हथौड़े की तरह पड़ा।

विद्याधर दौड़ता हुआ मेडिकल स्टोर पहुँचा।

भीगी जेब से सारे सिक्के गिनाकर बोला “भाई, ये इंजेक्शन दे दो, बच्ची बचा लो। मेरी बाँसुरी भी रख लो।”

दुकानदार झल्ला उठा “ये दुकान है, भिक्षा-वितरण केंद्र नहीं!”

उसका दिल भीतर तक दरक गया। भीगे बालों और थकी टाँगों के साथ वह वापस झुग्गी की ओर भागा।

पर झुग्गी के दरवाज़े पर भीड़ जमा थी। किसी ने कहा “लड़की की साँस टूट गई”

दुनिया एकदम ठंडी हो गई। जानकी गूँगी हो गई उसने अपनी चूड़ियाँ तोड़कर चुपचाप शोक मना लिया।

पुलिस आयी। रिवाज़ के मुताबिक पंचनामा लिखा गया “प्राकृतिक कारण।”

उस भीगी शाम के बाद विद्याधर की बाँसुरी कभी नहीं बज पाई। उसने कर्ज़ चुकाने के लिए अपनी पुरानी घड़ी तक बेच दी। और फिर एक रात, जब शहर गहरी नींद में था, वह गंगा के पुल पर पहुँचा। नीचे वही नदी थी, जिसने उसका गाँव डुबोया था। नीचे वही अंधकार था, जिसने उसके सुर छीन लिये थे।

उसने बाँसुरी को होंठों से लगाया, चूमा और नदी की लहरों में फेंक दी। फिर खुद भी आँखें मूँद लीं।

सुबह अख़बार के कोने में एक छोटा-सा कॉलम छपा
"गरीब काष्ठ-शिल्पी ने आत्महत्या की।"

किसी ने न जाना कि उस बाँसुरी में किसका पूरा जीवन बसा था। न किसी ने यह देखा कि उसी दिन जानकी शहर छोड़ चुकी थी मीरा की याद दिल में संजोए, उसी मिट्टी की ओर, जहाँ उनका घर था, जहाँ संवाद अधूरे रह गए थे।

जानकी गाँव की पगडंडी पर धीरे-धीरे कदम बढ़ा रही थी। उसका चेहरा थकान और चिंता से भरा हुआ था। चलते-चलते उसके पैरों में इतनी कमजोरी आ चुकी थी कि हर कदम मानो किसी बोझ को उठाकर रखने जैसा लग रहा था। इसी हालत में अचानक उसकी नज़र आर्या पर पड़ी। आर्या खेतों की ओर से लौट रहे थे। उन्होंने जानकी को देखा तो समझ गई कि कुछ अनिष्ठ घटा है। बिना देर किए वे तुरंत उसके पास पहुंची और सहारा देकर अपने घर ले आए।

घर पहुँचकर आर्या ने उसे खाट पर बिठाया और घड़े से ठंडा पानी लाकर उसे पिलाया। जानकी के होंठ तो पानी को छूते रहे, लेकिन उसकी आँखों और चेहरे पर अजीब-सी ख़ामोशी थी। मानो उसका मन ही सबकुछ कह रहा हो, परंतु शब्द उसके गले से बाहर नहीं निकल पा रहे थे। उसकी हालत देखकर आर्या का मन बेचैन हो उठा। उन्होंने तुरंत वैद्यजी को बुलाया।

वैद्यजी आए और जांकी की नाड़ी देखी। कुछ औषधियाँ दीं और धीरे-धीरे उससे बोलने की कोशिश की। लेकिन जानकी की स्थिति ऐसी थी कि केवल कुछ टूटी-फूटी बातें ही उसके होंठों से निकल पाईं। फिर अचानक उसकी आँखें बंद हो गईं और वह मूर्छित होकर खाट पर गिर पड़ी। यह दृश्य देखकर आर्या के मन में घबराहट छा गई। तुरंत उसने उसका माथा सहलाया और पास बैठकर उसकी देखभाल करने लगे।

आर्या की आँखों में करुणा और चिंता दोनों स्पष्ट दिखाई दे रही थीं। और हो भी क्यों न शहर गया व्यक्ति जब इस हालत में घर लौटे ये तो विचारणीय विषय है उसने ठान लिया कि जब तक जानकी ठीक नहीं हो जाती, वह उसकी सेवा और देखभाल में कोई कमी नहीं आने देगी। उस क्षण से जानकी उसकी जिम्मेदारी बन गई थी, और रिश्ता तो पहले ही जोड़ लिया था और अब आर्या का सारा ध्यान उसकी हालत को सुधारने में लग गया।

7: तपस्या

जानकी बहुत कम बोलती थी। उसका स्वभाव गहरे मौन से भरा था, मानो उसके भीतर अनकही पीड़ाएँ और रहस्य छिपे हों। वह दिन का अधिकांश समय शांत भाव से बिताती, केवल आवश्यक बातों पर ही कुछ शब्द कहती। उसके इस मौन को समझने वाली अकेली आर्या थी। आर्या उसे मां की तरह मानकर उसकी देखभाल करती, उसके लिए भोजन बनाती, कभी उसके साथ बैठकर बातें करने का प्रयास करती और कभी उसे अपने स्नेह से ढाँक लेती। आर्या का यह स्नेह ही जानकी की ज़िंदगी का सहारा था।

जानकी का स्वास्थ्य भी अक्सर कमजोर रहने लगा था। इसी कारण आर्या उसे गणेशदत्त वेध के पास ले जाती। हालांकि पढ़ने और ज्ञान अर्जित करने के उद्देश्य से वो हर शाम जाती थी पर मरीज और रोग एक अलग सा भर

महसूस करती है। वैद्‌यजी दूर-दूर तक अपने ज्ञान और करुणा के लिए प्रसिद्‌ध थे। आर्या ने सोचा कि शायद उनकी देखरेख से जानकी की चुप्पी टूटे, उसके भीतर छिपा दर्द बाहर आए और उसका शरीर भी स्वस्थ हो।

जानकी अब भी बहुत कम बोलती थी। उसका दिन जैसे किसी अदृश्य धुन में बँधा होता सुबह उठकर आँगन में दीप जलाना, तुलसी के पौधे पर जल चढ़ाना और फिर छोटी-सी थाली में फूल सजाकर आरती करना यही उसकी दिनचर्या थी। आर्या जब भी देखती, जानकी के होंठ हल्के-हल्के मंत्र बुदबुदाते रहते। कभी-कभी वह पुराने कपड़ों के कोरे हिस्सों पर कलम चला देती कुछ गीत, कभी छोटी कविताएँ, और कभी सिर्फ़ आँसुओं से भीगे अक्षर।

आर्या को यह सब देख सुकून मिलता। उसने मनोविज्ञान की पढ़ाई में पढ़ा था कि लिखना, पूजा और भक्ति किसी भी मनुष्य को गहरे से गहरे दुःख से बाहर निकालने की

शक्ति देते हैं। यही कारण था कि वह जानकी की इस साधना में बाधा नहीं देती, बल्कि और प्रोत्साहित करती। उसे लगता था कि शायद यही साधनाएँ जानकी को उसकी खोई हुई हिम्मत लौटा देंगी।

आर्या जानकी का बहुत ध्यान रखती थी। वह जानती थी कि जानकी को मछली बेहद प्रिय है। एक दिन उसने ठान लिया कि चाहे जैसे भी हो, वह उसके लिए ताज़ी मछली लेकर आएगी। उसी निश्चय के साथ वह गाँव के आख़िरी छोर तक पहुँची जहाँ नदी किनारे मछुआरों की बस्ती थी। यह बस्ती साधारण-सी कच्ची झोपड़ियों से भरी थी, लेकिन उसमें जीवन की चहल-पहल थी जाल सुखाए जाते, बच्चे गीली मिट्टी पर खेलते, और मछलियों की गंध हवा में तैरती।

वहाँ आर्या की मुलाक़ात हुई गीता देवी से। गीता देवी को वह पहले से जानती थी, क्योंकि उसकी माँ अक़्सर उससे मछलियां लिया करती थी। गीता देवी का बेटा लालू नदी

में जाल डालकर मछलियाँ पकड़ता था और ताज़ा ही घर लाता था। आर्या ने हिचकिचाते हुए गीता देवी से कहा। “माई, अगर आज कुछ ताज़ी मछलियाँ मिल जाएँ तो अच्छा होगा।”

गीता देवी मुस्कुरा दीं। उन्होंने हाथ धोकर आँचल से पोंछा और बोलीं। “बिटिया, आज लालू जाल डाल चुका है। भगवान चाहेंगे तो ताज़ा मछलियाँ अभी मिल जाएँगी। अच्छा सुना है वो जानकी बहु भी तेरे साथ ही रहती है कैसी है अब।”

आर्या "हां उन्हीं के लिए लेकर जा रही हूँ। अक्सर चुप रहती है"

गीता देवी "बहुत बुरा हुआ पर समय के साथ घाव भर जाते है और तुमने बहुत अच्छा किया उसने मुसीबत में तेरी बहुत मदद की है।"

गीता देवी की इन बातों ने आर्या को छू लिया। उसे लगा मानो यह कोई साधारण सौदा नहीं, बल्कि एक आशीर्वाद

है जो गीता देवी के शब्दों के साथ उसके हिस्से आया हो। इतनी देर में लालू मछलियां ले आया आर्या ने गीता देवी को विदाई दी और घर की ओर चल दी।

आर्या गीता देवी के घर से लौटते समय सचमुच प्रसन्न थी। चलते-चलते आर्या को बार-बार यही ख्याल आता कि जानकी को कितनी खुशी होगी शायद महीनों बाद वह मन से कुछ खा पाएगी।

घर पहुँचते ही उसने चूल्हा सुलगाया, पत्तों और सूखी लकड़ियों से आँच तेज़ की और बड़े जतन से मसाले पीसे। मिट्टी की कड़ाही में जब मछलियाँ छनने लगीं, तो घर भर में सुगंध फैल गई। आर्या मन-ही-मन सोच रही थी "जानकी मां के चेहरे पर आज फिर चमक लौट आएगी।"

पर जब उसने कटोरी में गरमागरम मछली सामने रखी, तो जानकी ने गहरी निगाह डाली लेकिन थाली को हाथ तक न लगाया। उसकी आँखें भीतर कहीं स्थिर थीं, मानो किसी और ही लोक में टिकी हों। खुले बाल, सूखा चेहरा,

और मौन जैसे उसके चारों ओर कवच बन गया हो। वह अब सिर्फ़ जप और पूजा की ओर झुक गई थी ब्रह्मचारिणी की भाँति।

आर्या ने आग्रह किया "मां, ज़रा-सा चख लीजिए आपके लिए ही तो लाई हूँ।"

जानकी ने कुछ नहीं कहा। बस धीमे से मुस्कुराई और थाली को एक ओर सरका दिया। फिर एकदम अचानक वह उठीं और आर्या को कसकर गले लगा लिया। वह आलिंगन शब्दों से कहीं अधिक गहरा था। उसमें कृतज्ञता थी, स्नेह था और यह स्वीकार भी कि अब वह सांसारिक सुखों से दूर, तपस्या के पथ पर जा चुकी है।

आर्या की आँखें भर आईं, लेकिन उसी क्षण उसने समझ लिया कि जानकी को ज़बरदस्ती खाने पर विवश नहीं किया जा सकता। उसने झटपट दाल और चावल से हल्की-सी खिचड़ी बनाई और कटोरी आगे कर दी "ये

लीजिए, बस इतना खा लीजिए शरीर को भी तो ताक़त चाहिए।"

जानकी ने बिना प्रतिरोध के थोड़ी-सी खिचड़ी खा ली। उसके बाद दोनों बरामदे में लेट गईं। बरसाती हवा बह रही थी, दीपक की लौ मद्धिम थी और बाहर झींगुरों की आवाज़ गूँज रही थी। उस रात जाने क्यों, दोनों को गहरी नींद आई जैसे पहली बार कोई बोझ उतर गया हो।

नींद से पहले आर्या ने देखा जानकी खिड़की की ओर मुख करके बुदबुदा रही थी, शायद मीरा के लिए कोई गीत।

8: उजड़ा आसरा

सावन का महीना था। गंगा अपने उफान पर थी, लहरें उछल-उछल कर मानो आकाश से होड़ ले रही थीं। लालू हर दिन की तरह नाव लेकर नदी में उतरा था। गीता अम्मा ने जाते समय उसके माथे पर हाथ फेरा और कहा था। “जल्दी लौट आना बेटा, आज तेरी पसंद की सब्ज़ी बनाऊँगी।”

पर उस शाम लालू वापस न लौटा। गोधूलि बीत गई, रात उतर आई, और गाँव की गलियों में अँधेरा पसर गया। गीता अम्मा चौखट पर टकटकी लगाए बैठी रही। रात गहरी हुई तो गाँव के कुछ मल्लाहों ने आकर बताया “अम्मा, नदी में नाव पलट गई थी। तेज बहाव में लालू बह गया हमने बहुत ढूँढा, पर नहीं मिला।”

ये सुनकर जैसे उनकी रगों में लहू जम गया। वह पगलाई-सी घाट की ओर भागीं। हर नाव वाले से विनती करतीं "कहो, मेरा लालू कहाँ है? वो अच्छा तैराक है, वो ज़रूर लौट आएगा। गंगा मैया मेरी अरज़ सुन लो, मेरा लालू वापस भेज दो।"

दिन गुज़रते गए, हफ़्ते बीत गए। लेकिन गीता अम्मा का विश्वास टूटता नहीं था। रोज़ सुबह और शाम वह नदी किनारे जातीं, बहते पानी में अपने बेटे की परछाई ढूँढतीं। उनकी आँखें लाल हो चुकी थीं, लेकिन उम्मीद की लौ बुझने नहीं देतीं।

तभी गाँव का प्रधान श्यामसिंह, जो चालाक और निर्दयी आदमी था, उनके पास आया। चेहरे पर बनावटी सहानुभूति थी, मगर नीयत में ज़हर। उसने कहा "अम्मा, तेरे लालू के बिना तू अकेली रह गई है। ये ज़मीन पंचायत की है। कानून कहता है कि अब तेरा यहाँ कोई हक नहीं। सात दिन में झोपड़ी खाली कर दे।"

गीता अम्मा के पैरों तले जैसे ज़मीन खिसक गई। काँपती आवाज़ में बोलीं "बाबूजी, ये घर मेरे लालू का है। गंगा मैया उसे ज़रूर लौटा देंगी। मेरा बेटा लौटेगा, और ये आँगन फिर से बस जाएगा।"

पर प्रधान के कान पर जूँ तक न रेंगी। दो दिन बाद ही उसने अपने आदमियों को भेज दिया। लाल निशान झोपड़ी की दीवार पर लगा दिए गए। धमकी मिली "सरकारी ज़मीन है, कब्ज़ा हटेगा।"

गाँव वाले सब कुछ देखते रहे, लेकिन कोई खुलकर गीता अम्मा के पक्ष में नहीं आया। प्रधान से सब डरते थे। सातवें दिन झोपड़ी पर ताले पड़ गए। गीता अम्मा को ज़बरन बाहर कर दिया गया। अब उसके पास सिर छुपाने की जगह बस मंदिर के पीछे का बरगद का पेड़ था। टूटी चादर डालकर वहीं रात काटने लगीं।

बरसात की ठंडी बूँदें उन पर बरसतीं, लेकिन उनकी आवाज़ सिर्फ़ गंगा मैया को पुकारती "लालू बेटा, अब आ जा तेरी अम्मा टूट रही है।"

गाँव वाले शर्म से नज़रें झुका लेते। कोई रोटी पकड़ा देता, कोई पानी रख जाता, मगर कोई खुलकर उसके लिए आवाज़ नहीं उठाता। उधर प्रधान अपनी जीत का जश्न मना रहा था पंचायत के कागज़ों में दर्ज करा दिया गया कि वो ज़मीन अब सरकारी है और वहाँ विकास कार्य होंगे।

इन्हीं दिनों आर्या को सारी बात पता चली। उसका मन भीतर तक द्रवित हो उठा। वह मंदिर की सीढ़ियों पर पहुँची जहाँ गीता अम्मा काँपती देह के साथ बैठी थीं, आँखों में आँसुओं का समुद्र और हाथ में लालू की पुरानी कमीज़।

आर्या ने बिना कुछ कहे उनका हाथ थाम लिया और धीरे से बोली "अम्मा, अब आप अकेली नहीं हैं। चलिए, मेरे साथ चलिए।"

गीता अम्मा ने पहले तो प्रतिरोध किया, बोलीं "बिटिया, मैं कहाँ जाऊँगी? मेरा सब कुछ तो इसी गंगा में समा गया।"

लेकिन आर्या ने ज़िद नहीं छोड़ी। उसने उन्हें सहारा दिया, और अपने घर ले आई। उस रात बरगद के नीचे नहीं, बल्कि इंसानी छत के नीचे गीता अम्मा ने पहली बार चैन की साँस ली।

जानकी और आर्या ने मिलकर गीता की देखभाल का पूरा दायित्व उठाया। वे केवल शारीरिक नहीं, बल्कि मानसिक रूप से भी गीता को संबल देते रहे। धीरे-धीरे उन्होंने अनुभव किया कि केवल गीता ही नहीं, बल्कि गाँव के अनेक लोग भी मानसिक समस्याओं से जूझ रहे हैं।

समय बदल रहा था और जीवन की जटिलताएँ लोगों के मन पर भारी पड़ने लगी थीं।

इसी बीच जानकी ने आर्या को यह सलाह दी कि वह एक आत्मिक चिकित्सा केंद्र (कुटिया) खोले जहाँ वह लोगों की मानसिक परेशानियों को मनोविज्ञान और आत्मिक साधना से दूर कर सके। साथ ही, कुछ औषधियों का प्रयोग करके शरीर और मन दोनों का उपचार किया जाए।

आर्या ने यह बात मन में ठान ली। अब वह केवल साधिका ही नहीं, बल्कि एक वेद बन गई। उसने अपनी छोटी-सी कुटिया को ही सेवा-स्थान बना लिया।

उसकी पहली रोगिणी बनी वही गीता देवी।

वहीं से आर्या ने घर पर अपनी साधना और विद्या को सेवा में बदल दिया। अब उसे गणेशदत्त वैद्य के पास जाने की आवश्यकता ही नहीं रही, क्योंकि वह स्वयं स्वाध्याय की रही थी और अब तो अभ्यास भी शुरू कर दिया जो कि हर सफल व्यक्ति की पहचान है।

9: गीता अम्मा की लौटी साँसें

करीब एक महीना बीत चुका था। गाँव अपने ढर्रे पर चल रहा था आर्या अपनी कुटिया में सेवा-चिकित्सा कर रही थी, जानकी पूजा और भक्ति में लीन रहती थी, और गीता अम्मा मंदिर की सीढ़ियों के सहारे अपनी टूटी हुई ज़िंदगी खींच रही थी। तभी एक दिन, गाँव के सन्नाटे को तोड़ते हुए एक अपरिचित युवक गाँव में दाख़िल हुआ।

उसके पहनावे में शहरी ठाट था कोट-पैंट, चमकते जूते, चेहरे पर हल्की दाढ़ी और आँखों में आत्मविश्वास। लोग उसे कौतूहल से देखने लगे। वह सीधे मंदिर की ओर बढ़ा और वहाँ उसने गीता अम्मा को देखा, जो हमेशा की तरह बरगद तले बैठी गंगा की ओर ताक रही थीं। युवक की

आँखें अचानक छलक पड़ीं। गला भर आया, और उसने पुकारा। "अम्मा!"

गीता देवी हड़बड़ा कर उठीं। कुछ क्षणों तक स्तब्ध होकर देखती रहीं, फिर काँपते हाथों से उसके चेहरे को छुआ "लालू? तू ज़िंदा है!"

अगले ही पल उन्होंने बेटे को बाँहों में भर लिया। लालू ने रोते हुए कहा "अम्मा, मैं सचमुच मरते-मरते बचा। नाव पलटने के बाद मुझे एक दूर गाँव के मल्लाहों ने किनारे निकाला। वहाँ महीनों इलाज चला। फिर शहर पहुँचा तो एक दयालु वकील साहब मिले। उन्होंने मुझे अपने दफ़्तर में मैनेजर बना लिया। अब मैं लौटा हूँ अपना और तेरा हक लेने।"

अगले ही दिन लालू वकील और एक पत्रकार को लेकर गाँव आया। प्रधान श्यामसिंह के फर्जी दस्तावेज़ों की जाँच शुरू हुई। धीरे-धीरे खुलासा हुआ कि प्रधान ने न केवल गीता अम्मा की ज़मीन, बल्कि और भी कई ग़रीबों

की ज़मीनें हड़प ली थीं। पत्रकार ने पूरे मामले को अख़बार में छापा "कुंभाड़ी का प्रधान गरीबों की ज़मीनें खा गया।"

गाँव में खलबली मच गई। अदालत में केस चला। गवाह पेश हुए, सबूत रखे गए। तीन महीने तक चली इस कानूनी लड़ाई के बाद आखिरकार फ़ैसला आया प्रधान दोषी पाया गया। उसे तीन साल की कैद और एक लाख रुपये जुर्माने की सज़ा मिली। साथ ही, ग़रीबों की ज़मीनें लौटाने का आदेश हुआ।

गाँव में जैसे एक नई सुबह हुई। सबसे पहले गीता अम्मा की झोपड़ी की जगह लालू ने एक पक्का घर बनवाया। गीता अम्मा के चेहरे पर अब मुस्कान लौट आई थी।

एक शाम लालू आँगन में बैठा माँ के पाँव दबा रहा था। गीता अम्मा ने गंगा की ओर देखा और धीमे स्वर में बोलीं "बेटा, पहले यहाँ प्रधान था पर अब मेरा बेटा ही कानून बनकर लौटा है।"

गाँव वाले अब गीता अम्मा और लालू को सम्मान से सर झुकाकर देखते। पंचायत की खाली हुई प्रधान की कुर्सी पर सबकी नज़र थी। लेकिन जब लालू को प्रधान बनाने का प्रस्ताव रखा गया, तो उसने विनम्रता से कहा "मुझे कुर्सी नहीं चाहिए। मुझे तो बस न्याय चाहिए हर उस माँ के लिए, जो किसी लालची प्रधान के हाथों रोती रही है।"

उसकी आवाज़ में सच की ताक़त थी, और गाँव ने पहली बार महसूस किया कि असली प्रधान तो वही है, जो न्याय दिलाए चाहे उसके पास कुर्सी हो या न हो।

लालू, आर्या की मदद पाकर अत्यंत कृतज्ञ हो उठा। उसने बार-बार आर्या को धन्यवाद दिया और गहरा आभार प्रकट किया कि उसकी ज़िंदगी में अब नई दिशा मिल गई है। आर्या की प्रेरणा से उसने मेहनत करना शुरू किया और धीरे-धीरे शहर में ही काम पकड़ लिया। काम में लगन और ईमानदारी से उसने अच्छा नाम कमाया और थोड़े ही समय में उसकी आमदनी भी बढ़ने लगी। घर की

स्थिति सँवरने लगी। गीता देवी, जो पहले गाँव में ही रहती थीं, अब अधिकतर समय शहर में लालू के साथ रहने लगीं। माँ-बेटे दोनों का जीवन धीरे-धीरे स्थिर और संतुलित हो गया।

इसी बीच एक दिन अचानक आर्या के पास लालू का फ़ोन आया। लालू की आवाज़ में थोड़ी घबराहट और चिंता थी। उसने कहा "दीदी, एक लड़की है, नाम है रेवा। वह बहुत परेशान है, उसकी हालत देखकर मुझे आपकी याद आई। क्या आप उसका इलाज कर सकती हैं?"

आर्या ने बिना देर किए हामी भर दी। अगले रविवार को लालू, रेवा को अपने साथ लेकर आर्या के घर आया। रेवा के चेहरे पर थकान और चिंता साफ झलक रही थी, मानो उसने लंबे समय से किसी बोझ को उठाया हो।

लालू ने जब आर्या को रेवा की हालत के बारे में बताया, तो उसकी आँखों में गहरी चिंता झलक रही थी। उसने कहा।

“दीदी, ये लड़की बहुत टूटी हुई है। बाहर से मजबूत दिखती है, पर अंदर से बिल्कुल खाली हो चुकी है। आप ही इसे संभाल सकती हैं।”

आर्या ने रेवा को गौर से देखा। उसके चेहरे पर उदासी की परतें थीं, आँखों में थकान और होंठों पर अनकहे शब्द। मानो उसने दुनिया से बोलना छोड़ दिया हो।

धीरे-धीरे, लालू ने उसकी कहानी सुनाना शुरू किया। रेवा और विवेक की मुलाक़ात एक लाइब्रेरी में हुई थी। विवेक गणित की किताब लेने आया था और रेवा वहाँ सिविल सेवा की तैयारी के लिए नोट्स बना रही थी। किताब की तलाश में दोनों की हल्की टक्कर हुई, और वहीं से एक अनजान रिश्ता शुरू हुआ। पहले कुछ औपचारिक बातें, फिर कॉफी पर लंबी चर्चाएँ, और धीरे-धीरे कॉलेज के बाद घंटों की सैर। दोनों के सपने अलग थे। विवेक एक सिविल इंजीनियर बनकर विदेश जाना चाहता था, जबकि रेवा

प्रशासनिक सेवा में जाना चाहती थी। लेकिन दिल दोनों का एक हो गया था।

समस्या तब शुरू हुई जब रेवा के माता-पिता ने उसकी शादी की बात छेड़ी। उनके घर में यह परंपरा थी कि लड़की की जल्दी शादी हो जानी चाहिए। रेवा ने साहस करके कहा "मुझे अभी शादी नहीं करनी है, मुझे अपने सपने पूरे करने हैं।"

पर माता-पिता ने उसकी एक न सुनी। उन्होंने साफ कह दिया कि पढ़-लिखकर भी लड़की को गृहस्थी ही संभालनी होती है। उन्होंने उसकी शादी तय कर दी।

रेवा ने विवेक को सब कुछ बताया। विवेक ने कहा। "अगर तुम चाहो, तो मैं अपने परिवार से बात करता हूँ। हम दोनों मिलकर सबका सामना करेंगे।"

लेकिन रेवा जानती थी, उसका परिवार विवेक को कभी स्वीकार नहीं करेगा। जात-पात, स्थिति और सोच सब कुछ उनके बीच दीवार बनकर खड़ा था।

कई बार रेवा ने घर छोड़ने की सोची, लेकिन माँ की आँखों के आँसू ने हर बार उसे रोक लिया। विवेक बेचैन होता गया, और रेवा अपने ही भीतर बँटती चली गई।

शादी का दिन नज़दीक आ गया। एक रात, आँसुओं में डूबकर रेवा ने विवेक से कहा "काश हम किसी और दुनिया में होते, जहाँ सिर्फ हमारा प्यार मायने रखता।"

विवेक ने जवाब दिया "तो चलो, इस दुनिया को छोड़कर कहीं दूर चलते हैं।"

बारिश की रात थी। दिल्ली की सड़कें भीग रही थीं। दोनों ने ट्रेन से भागने का निश्चय किया। विवेक प्लेटफॉर्म पर पहुँचा, रेवा भी पहुँची, मगर उसके पीछे उसका भाई और रिश्तेदार भी थे।

घबराई हुई रेवा ने विवेक का हाथ छोड़ते हुए कहा "अगर मैं भाग गई, तो मेरे माँ-बाप मर जाएँगे। मुझे जाने दो।"

विवेक ने रोते हुए उसका हाथ थामे रखा "अगर तुम चली गई तो मैं जी नहीं पाऊँगा।"

लेकिन परिवार वाले उसे खींचकर ले गए। रेवा चिल्लाती रही, विवेक वहीं प्लेटफॉर्म पर टूटकर बैठ गया।

कुछ दिनों बाद खबर आई रेवा की शादी हो गई। उसने अपनी पढ़ाई अधूरी छोड़ दी। पति उसकी उदासी समझ नहीं पाया, धीरे-धीरे उससे दूर हो गया और आखिरकार दूसरी शादी कर ली। रेवा एकाकी रह गई। अब वह शहर में रहती है, नौकरी करती है, पर जीवन से जैसे मोहभंग हो चुका है। न सपने बचे, न रिश्ते सिर्फ एक गहरा खालीपन।

आर्या ने यह कहानी सुनी तो उसके मन में करुणा उमड़ आई। उसने रेवा का हाथ थामते हुए कहा "तुम्हारी कहानी अधूरी नहीं है, रेवा। यह तो बस एक अध्याय है। असली जीवन अभी बाकी है।"

रेवा की आँखों से आँसू बह निकले। शायद बहुत समय बाद उसे पहली बार किसी ने समझा था।

10: अधूरी रागिनी

आर्या ने जब रेवा की कहानी सुनी, तो उसके मन में एक अजीब-सा संकल्प जाग उठा। उसने तय किया कि वह अब केवल मनोविज्ञान की शिक्षा तक सीमित नहीं रहेगी, बल्कि आत्मिक चिकित्सा का भी सहारा लेकर टूटे हुए मनों को सँभालेगी।

उसकी कुटिया धीरे-धीरे अब एक आश्रय जैसी बन चुकी थी। पहले सिर्फ गीता देवी आती थीं, अब गाँव के लोग भी छोटे-बड़े मानसिक कष्ट लेकर वहाँ आने लगे थे—किसी को चिंता थी, किसी को दुःस्वप्न सताते थे, तो किसी के घर-परिवार की कलह मन को तोड़ रही थी।

रेवा का पहला सत्र शुरू हुआ। आर्या ने उससे कहा "तुम्हें बोलने की ज़रूरत नहीं है, बस अपनी चुप्पी को मेरे सामने रख दो।"

रेवा खामोश बैठी रही। उसकी आँखों में आँसू थे, पर होंठ बंद। आर्या ने दीपक जलाया, मंत्रोच्चारण किया और फिर उसे एक कागज़ और कलम पकड़ाकर कहा "तुम्हारे दिल में जो भी बोझ है, उसे शब्दों में उतारो। अगर शब्द न आएँ, तो बस आँसू गिरने दो, वह भी शब्द हैं।"

धीरे-धीरे, रेवा ने लिखना शुरू किया। पहले टूटी-फूटी पंक्तियाँ, फिर अपने दर्द की पूरी दास्ताँ। जानकी पास बैठी थी। उसने धीरे से कहा "जब हम भगवान का नाम लेते हैं, तो सबसे पहले अपने भीतर के दर्द को हल्का करते हैं। आओ, आज शाम आरती में तुम भी मेरे साथ रहो।"

उस दिन पहली बार रेवा ने जानकी के साथ आरती की। उसका स्वर काँप रहा था, पर भीतर कहीं गहरी शांति उतर रही थी।

आर्या ने उसकी दिनचर्या तय की सुबह ध्यान और प्राणायाम ताकि मन स्थिर रहे। दोपहर में लेखन और

शाम आरती और भक्ति-गायन जानकी के साथ मिलकर। रात आत्म-संवाद।

कुछ ही हफ्तों में बदलाव दिखने लगा। रेवा अब उतनी चुप नहीं रहती थी। कभी-कभी वह जानकी से बातें करने लगी। जानकी भी उसे अपनी कविताएँ और भक्ति-गीत सुनाती। दोनों मिलकर फूल तोड़तीं, मंदिर सजातीं, और साथ बैठकर खाना खातीं।

धीरे-धीरे, गाँव के लोग भी यह देखने लगे कि रेवा में एक नई रोशनी लौट रही है। एक दिन लालू फिर आया और आश्चर्य से बोला "दीदी, मैंने इसे इतने दिनों बाद हँसते हुए देखा है। आपने तो इसे फिर से जीना सिखा दिया।"

आर्या ने मुस्कराते हुए कहा। "मैंने नहीं, इसकी आत्मा ने इसे सँभाला है। मैंने तो बस रास्ता दिखाया।"

गाँव के और लोग भी अपने बच्चों और औरतों को लेकर आर्या और जानकी की कुटिया आने लगे। कुटिया अब मन और आत्मा का उपचारालय बन चुकी थी।

रेवा को आर्या और जानकी से एक अलग सा लगाव महसूस हुआ। कभी वह कुटिया के आँगन में बैठकर फूल माला बनाती, तो कभी जानकी के साथ मिलकर भजन गाती। धीरे-धीरे उसके चेहरे पर वही चमक लौटने लगी जो कभी उसके सपनों में हुआ करती थी। पर प्रेम छूटने का घाव गहरा था।

एक शाम जब दीपक जल चुका था और दोनों आरती गा रही थीं, रेवा चुपचाप आर्या की ओर देख रही थी। उसकी आँखें नम हो गईं। आर्या ने पूछा "रेवा, आज क्यों चुप हो?"

रेवा काँपते स्वर में बोली। "क्योंकि मुझे लगता है कि भगवान ने मेरी तक़दीर बहुत निर्दयी लिख दी है। पर जब आपके पास आती हूँ, तो लगता है कि शायद मैं अभी भी अधूरी नहीं हूँ।"

जानकी ने उसका हाथ थाम लिया, “तू अधूरी नहीं है बहन, बस टूटी हुई है। और टूटी हुई चीज़ों को जोड़ना ही तो हमारी आर्या का काम है।”

रेवा ने पहली बार मुस्कराते हुए कहा “हाँ आप सच में मेरी बड़ी दीदी हो। जिस तरह कोई माँ अपनी बेटी को सहारा देती है, वैसे ही आपने मुझे सहारा दिया है। अब चाहे मेरा परिवार मुझे स्वीकार न करे, चाहे विवेक कहीं दूर चला गया हो लेकिन मुझे लगता है कि मेरी ज़िंदगी में अब अकेलापन नहीं रहा। क्योंकि मेरी बड़ी दीदी मेरे साथ हैं।”

आर्या ने उसे गले लगा लिया। उसके हृदय में भी एक अजीब-सी तसल्ली आई। उसे लगा जैसे गंगा के किनारे यह कुटिया अब सचमुच एक नए परिवार का घर बन चुकी है।

उस दिन से रेवा जब भी आती, आर्या को “बड़ी दीदी” कहकर ही पुकारती। गाँव की और औरतें यह सुनतीं तो

उनके दिल में भी आदर जागता। धीरे-धीरे “बड़ी दीदी” नाम पूरे गाँव में फैल गया।

अब कोई कहता “चलो, बड़ी दीदी से सलाह लें।”

“बड़ी दीदी, मेरे बच्चे का मन पढ़ाई में नहीं लगता।”

“बड़ी दीदी, मुझे रात को नींद नहीं आती।”

आर्या ने कभी सोचा भी नहीं था कि उसकी कुटिया एक दिन गाँव की आत्मा बन जाएगी।

रेवा के मन का तूफ़ान कोई रोक न सका। वह प्रेम की रोगिनी थी। जिस तरह से पौधे को धूप और पानी चाहिए, उसी तरह उसके मन को प्रेम की ज़रूरत थी। आर्या ने उसे संभालने की पूरी कोशिश की। जानकी ने उसे समझाया, आत्मिक चिकित्सा दी, आश्रय दिया। परंतु कौन रति को झुठला सकता है? कौन उस आग को बुझा सकता है जो भीतर जल रही हो?

धीरे-धीरे आर्या को भी रेवा से गहरा लगाव़ हो गया। दोनों बहनों की तरह रहतीं, लेकिन उस रिश्ते में एक अनकहा भाव भी था। एक ऐसा जुड़ाव जो शब्दों से परे था।

गाँव में लोग मज़ाक करते "रेवा तो अब बड़ी दीदी की परछाई हो गई है।"

आर्या भी हँस देती, लेकिन भीतर कहीं उसे लगता था कि शायद रेवा उसके जीवन का अधूरा हिस्सा पूरी कर रही है।

पर एक सुबह सब बदल गया। गाँव के कुछ बच्चे दौड़ते हुए कुटिया पहुँचे। उनके चेहरे पर भय था। "दीदी दीदी नदी में एक लाश तैर रही है।"

आर्या के हाथ से दिया गिर पड़ा। वह और जानकी भागते हुए घाट की ओर पहुँचीं। गंगा का पानी उस दिन असाधारण रूप से स्थिर था। लोग किनारे पर जमा थे। पानी में लहरों पर झूलता एक निर्जीव शरीर धीरे-धीरे किनारे की ओर बह रहा था।

आर्या ने जैसे ही पास जाकर चेहरा देखा, उसकी चीख निकल पड़ी। “रेवा!!”

गाँव वालों ने लाश को बाहर निकाला।

भीगे बाल, मुरझाया चेहरा, आँखें आधी खुली हुईं जैसे अब भी किसी अधूरे सपने को ढूँढ रही हों।

आर्या वहीं ज़मीन पर बैठ गई, उसका दिल मानो फट गया हो। “तूने ऐसा क्यों किया रेवा? तू तो मेरी परछाई बन गई थी तूने मुझे अकेला क्यों छोड़ दिया?”

जानकी उसके कंधे पर हाथ रखे खड़ी रही। उसकी अपनी आँखें भी भीग चुकी थीं। भीड़ में सन्नाटा था। कोई बोल नहीं पा रहा था।

धीरे-धीरे सच्चाई सामने आई रेवा पिछली रात बहुत देर तक अकेली नदी किनारे बैठी रही थी। शायद उसके मन का बोझ, उसका टूटा हुआ सपना, और वह खालीपन

जिसने उसे खा लिया था। सब मिलकर उसे इस अंधे क़दम तक ले आए।

उस दिन कुटिया का दीपक बुझा नहीं, लेकिन उसकी लौ काँपती रही। गाँव वाले कहते रहे "बड़ी दीदी सबको संभाल लेती हैं पर अपनी रेवा को न बचा सकीं।"

आर्या चुप थी। उसके दिल में सिर्फ़ एक ही सवाल गूंज रहा था "क्या प्रेम की रोगिनी को सचमुच कोई बचा सकता है?"

रेवा के जाने के बाद कुटिया जैसे सूनी हो गई थी। आँगन में तुलसी का पौधा अब भी हरा था, दीया अब भी जलता था, पर उसकी लौ बुझी-बुझी-सी लगती।

आर्या दिनभर काम करती रही, गाँववालों को देखती, औषधियाँ देती, लेकिन उसके चेहरे पर वह उजाला अब न था। भीतर कहीं एक रिक्तता बैठ चुकी थी।

जानकी ने मानो अपने चारों ओर और भी गहरी चुप्पी का आवरण खींच लिया था। वह पहले भी कम बोलती थी, पर अब तो जैसे शब्दों से ही उसका नाता टूट गया। दिनभर वह पूजा और लेखन में लीन रहती। उसकी आँखों में आँसू नहीं थे, लेकिन मौन ही उसकी पीड़ा का प्रमाण था।

गाँव वाले आते-जाते, अपनी तकलीफ़ें कहते। आर्या उनकी मदद करती, पर जब भी किसी युवा लड़की का चेहरा देखती, उसे रेवा की छवि याद आ जाती। कभी हँसी के बीच अचानक उसकी आँखें भर आतीं। जानकी और आर्या साथ थीं, पर दोनों ही भीतर से टूटी हुई थीं। जानकी मौन धारण किए बैठी थी, और आर्या ग़म से दबकर हर काम यंत्रवत कर रही थी।

कुटिया के वातावरण में अब एक अजीब-सा सन्नाटा रहने लगा था जैसे हवा भी पूछ रही हो, “क्या यह मौन कभी टूटेगा?”

11: लौटता हुआ अतीत

विवेक के लौटने की ख़बर जब कुटिया तक पहुँची, तो जैसे वर्षों पुराने जख़्म फिर से हरे हो उठे।

लालू ने बताया था "आर्या दीदी, वही विवेक लौट आया है। विदेश में रहा, पर उसके दिल में अब भी रेवा की खाली जगह है। वह आपके पास आना चाहता है। वही नदी किनारे जाना चाहता है, जहाँ अंतिम बार रेवा दिखी थी।"

यह सुनते ही आर्या की आँखें बरसों पीछे लौट गईं। उसे रेवा की मुस्कान याद आई, उसकी बेचैनी, उसका डर, उसकी मजबूरी। जैसे समय एकदम ठहर गया हो।

जानकी ने भी उसे देखा उसकी आँखों में करुणा और मौन का मिला-जुला रंग था। उसने बिना कुछ कहे सिर झुका लिया, मानो भीतर ही भीतर प्रार्थना कर रही हो "ईश्वर उसे शांति दे।"

अगले दिन, आर्या विवेक के साथ नदी के उस पुराने घाट पर पहुँची। साँझ ढल रही थी। आकाश में हल्की धुंध और जल में धीमा बहाव था। घाट की सीढ़ियाँ अब जर्जर थीं, किनारे पर घास उग आई थी।

विवेक कुछ दूर खड़ा रह गया। उसके कदम आगे बढ़े, पर जैसे किसी अदृश्य ताक़त ने रोक लिया। वह वहीं पत्थर की तरह खड़ा रहा। उसकी आँखों से आँसू बह निकले। उसने हाथ जोड़ दिए और धीमे स्वर में बुदबुदाया "रेवा मैं लौट आया हूँ पर तुम कहाँ हो?"

उसकी साँसें काँप रही थीं। उसके भीतर एक ही सवाल गूंज रहा था "क्या सच में प्यार से बड़ा परिवार का दबाव होता है?"

आर्या ने उसका हाथ धीरे से थामा। उसकी आँखों में आँसू थे, पर चेहरा दृढ़ था। उसने कहा "कुछ घाव समय नहीं भरता पर उन्हें स्वीकार करना ही शांति की शुरुआत है।

तुम यहाँ रुको। कुछ दिन अपने मन को समझो। अपने आप को क्षमा करो और शायद वही तुम्हें मुक्त करेगा।”

विवेक ने सिर झुका दिया। लंबे समय बाद उसके चेहरे पर एक हल्की-सी राहत दिखी। आर्या ने उसे अपने पुराने ओसारे में ठहरने का प्रस्ताव दिया। वहाँ एक कोना साफ कर दिया गया था। पुराना खाट, एक चटाई, कुछ बर्तन और दीवार पर टँगी तुलसी की माला।

“घर में अनजान को नहीं रख सकते,” उसने मुस्कुराकर कहा, “लेकिन इस ओसारे में रह सकते हो। अपने मन से बातें करो शायद तुम्हें खुद उत्तर मिल जाए।”

विवेक ने धन्यवाद में सिर झुका दिया। वह जानता था यह दया नहीं, बल्कि सहानुभूति है। उसने वहीं रहने का निर्णय किया।

उस शाम जब आर्या ने दीप जलाया और घाट पर जल अर्पित किया, तो उसके होंठों पर एक ही प्रार्थना थी “ईश्वर, हर उस प्रेम को शक्ति देना, जो बंधनों में जकड़ा

है हर उस आत्मा को शांति देना, जो भीतर से टूट चुकी है।”

घाट पर बहती हवा में जैसे रेवा की स्मृति भी तैर रही थी और उसके साथ एक आशा भी कि टूटे हुए दिल भी एक दिन खुद को पहचान सकते हैं।

विवेक का भारत लौटना जितना सरल दिखता था, उतना था नहीं। बाहर से वह शांत, संयमित और व्यवहार में दृढ़ लग रहा था, पर भीतर उसकी दुनिया टूटी हुई थी। वह अपने अतीत की स्मृतियों, रेवा की छवि, और अधूरे सपनों से घिरा रहता। उसके लिए हर रात एक परीक्षा बन गई थी।

पहली रात उसने सोचा कि शायद थकावट है शरीर थका है, इसलिए नींद टूटी। पर रात के ठीक तीन बजकर चौदह मिनट पर अचानक तेज़ हवा का झोंका आया। ओसारे की

खिड़की ज़ोर से खुल गई। उसके कमरे में रखी छोटी-सी पीतल की घंटी झनझना उठी। विवेक चौंक कर उठ बैठा।

उसने खिड़की बंद की, फिर बिस्तर पर लौट आया। मन में एक हल्का डर तो था, पर उसने खुद से कहा "थकावट है, बस थकावट।"

लेकिन अगली रात वही हुआ। रात के तीन बजकर चौदह मिनट पर हवा का वही झोंका, खिड़की खुलती है और फिर तीन बजकर पंद्रह मिनट पर जंगल से आती हुई बाँसुरी की धुन। वह धुन जैसे दूर कहीं से आती हुई, फिर पास आकर उसके दिल में समा गई। धुन इतनी परिचित थी कि उसकी आँखें बंद होते ही रेवा की मुस्कान सामने आ गई। वह काँप उठा।

तीसरी रात सबसे विचित्र थी। धुन के साथ-साथ दरवाज़े पर तीन बार धीमी दस्तक हुई।

"कौन है?" उसने काँपती आवाज़ में पूछा।

कोई उत्तर नहीं। वह उठकर दरवाज़ा खोले तो बाहर कोई नहीं। लेकिन दरवाज़े के ठीक सामने ज़मीन पर एक कागज़ का पुर्जा पड़ा था। उसने काँपते हाथों से उसे उठाया। उस पर लिखे शब्द धुँधले थे, पर साफ पढ़े जा सकते थे "जब कठपुतली हिलती है, समझना धागा कहीं और से चला है पर कभी-कभी वो खुद भी चलना चाहती है।"

विवेक की साँस अटक गई। उसकी रीढ़ में सिहरन दौड़ गई। क्या यह कोई चेतावनी थी? क्या कोई उसे देख रहा था? या यह रेवा की आत्मा का संदेश था?

अगले दो रातों तक यही क्रम दोहराया गया। पर अब आवाज़ें बाहर से नहीं, भीतर से आने लगीं। रात को लेटते ही उसे वही बाँसुरी की धुन सुनाई देती धीमी, करुण, जैसे किसी टूटे दिल की पुकार हो। वह आँखें खोलता, पर कमरे में कोई नहीं।

तीन बजकर चौदह मिनट पर जागता, दरवाज़े पर दस्तक सुनता, पर खोलने पर खाली बरामदा। कभी-कभी उसे लगता कोई उसकी साँसों की लय बिगाड़ रहा है। कभी किसी छाया की आहट।

वह खुद से पूछता "क्या यह रेवा की आत्मा है जो मुझे बुला रही है? या यह मेरे अपने मन की आवाज़ है जो पछतावे में भटक रही है?"

उसकी नींद छिन गई। उसका चेहरा और पीला पड़ गया। दिन में लोग समझते वह थका है, काम का बोझ है। पर असल में वह भीतर से टूट रहा था।

उसने आर्या से कुछ नहीं कहा। वह नहीं चाहता था कि उसकी कमजोरी सामने आए। लेकिन हर रात वही आवाज़, वही दस्तक, वही कागज़ का पुर्जा उसकी आत्मा को कुरेदता रहा।

आर्या दूर से उसे देखती और समझ जाती कि कुछ भीतर चल रहा है। वह उसे सांत्वना देती, पर वह अभी अपने भीतर की लड़ाई से गुजर रहा था।

12: जीवन का सत्य

सुबह की हल्की धूप अभी पूरी तरह फैली नहीं थी। ओस की बूँदें अभी तक पत्तों पर चमक रही थीं, और गाँव की गलियों में एक अजीब-सी निस्तब्धता पसरी थी। पर आर्या का स्वास्थ्य अच्छा नहीं था। कई दिनों से उसकी आँखों के नीचे काले घेरे थे, चेहरा थका हुआ लग रहा था। जानकी चुपचाप उसकी सेवा कर रही थी दवा देती, काढ़ा बनाकर पिलाती, बिना कुछ कहे उसके पास बैठी रहती। जैसे मौन में ही उसका सारा प्रेम और चिंता बसी हो। आर्या खुद भी मानो भीतर से कहीं थक गई थी, जैसे शरीर और मन दोनों संघर्ष कर रहे हों।

उस सुबह भी आर्या देर तक बिस्तर में पड़ी रही। जानकी ने धीरे से उसके माथे पर हाथ रखा। वह आँखें खोलकर बस मुस्करा दी। शब्द उसके पास नहीं थे, पर उसका चेहरा कह रहा था "सब ठीक है, मैं संभाल लूँगी।"

इधर, उसी रात की घटना विवेक के मन में ताज़ा थी। रात में उसे फिर वही बाँसुरी की धुन सुनाई दी थी धीमी, करुण, जैसे कोई पीड़ा भरी साँस लेकर रो रही हो। धुन जंगल की तरफ़ से आ रही थी। जैसे कोई उसे बुला रहा हो। विवेक बेचैन होकर उठा। दरवाज़ा खोला। चारों तरफ़ अँधेरा था। पर धुन साफ सुनाई देती थी जंगल की ओर।

उसने बिना सोचे कदम बढ़ा दिए। मिट्टी में जमे पाँव की आवाज़ तक धीमी पड़ गई। वह झाड़ियों के बीच से गुजरता हुआ उस दिशा में बढ़ता गया जहाँ से सुर आ रहे थे। जितना आगे बढ़ता, धुन उतनी ही स्पष्ट होती जाती। उसका दिल तेज़ धड़कने लगा। आँखों में अजीब डर और आकर्षण दोनों साथ-साथ थे।

कुछ दूर चलने के बाद उसके सामने एक पुरानी कुटिया दिखी वह कुटिया जिसने कभी आर्या को ज्ञान का मार्ग दिखाया था। वही वैद्य गणेशदत्त की कुटिया। पर अब वह कुटिया पहले जैसी नहीं थी। उसका दरवाज़ा आधा खुला

था। दीवारें काई से ढकी हुईं, लकड़ी की चौखट पर झूलती जर्जर बेलें सब मिलकर उसे भयानक बना रही थीं। मानो वर्षों से किसी ने वहाँ कदम न रखा हो। धुंध की लकीरें कुटिया के चारों तरफ़ लिपटी थीं। रात का अंधेरा अभी पूरी तरह छँटा नहीं था, इसलिए वह कुटिया किसी रहस्य की गहराई में डूबी दिख रही थी।

विवेक एक पल ठिठक गया। उसके सामने दरवाज़े से भीतर से वही धुन आ रही थी मानो किसी ने बाँसुरी बजाई हो। आवाज़ इतनी जीवंत थी कि उसकी त्वचा सिहर उठी। उसने दरवाज़े की तरफ़ देखा। लकड़ी की चौखट हिल रही थी। भीतर से हल्की रोशनी की झलक दिखी।

वह वहीं खड़ा रह गया। उसका गला सूख गया। मन में दो आवाज़ें उठीं “जाओ पता लगाओ कौन है।”

“रुको कहीं यह किसी आत्मा का खेल न हो।”

वह सोच में पड़ गया। अंदर जाना चाहिए या नहीं? क्या कोई उसे देख रहा है? क्या यह कोई दिव्य संकेत है? या कोई अज्ञात भय?

एक क्षण के लिए वह पूरी तरह जड़ हो गया। बाँसुरी की धुन अब और पास लग रही थी। उसकी साँसें भारी हो गईं। तभी भीतर से एक गहरी साँस की आवाज़ आई मानो कोई वहाँ बैठा हो और सुर के साथ अपने दर्द को बाँट रहा हो।

विवेक का दिल ज़ोर से धड़क रहा था। वह कुटिया के दरवाज़े के बाहर खड़ा था, काँपते हाथों से लकड़ी की चौखट को छूने ही वाला था कि वो वही थम जाता है आगे क्या होगा यही रहस्य बन कर उसके भीतर गूँजता रह जाता है।

मानव की यही प्रवृत्ति है डर और जिज्ञासा साथ-साथ चलते हैं। दरवाज़े पर खड़ा विवेक कुछ क्षण तक काँपता रहा, फिर एक लंबी साँस लेकर उसने चौखट धकेली।

दरवाज़ा धीरे से खुल गया। भीतर का दृश्य उसके सामने ऐसा था कि उसका दिल थम गया।

अंदर कोई नहीं फिर भी सब कुछ था। एक बूढ़ा व्यक्ति लकड़ी की पुरानी कुर्सी पर बैठा था। सफ़ेद दाढ़ी उसके सीने तक लटक रही थी। माथे पर झुर्रियों की रेखाएँ, पर आँखें आश्चर्यजनक रूप से शांत। वह अपनी बाँसुरी को होंठों से लगाए था। उसके सामने ज़मीन पर एक कठपुतली नृत्य कर रही थी धागे के बिना, किसी सहारे के बिना। उसका शरीर गोल-गोल घूमता, हाथ ऊपर उठते, पाँव लय में थिरकते। न कोई आवाज़, न कोई छाया बस उसका नृत्य और उसकी आँखों में बहते आँसू।

विवेक डर गया। उसके होंठ काँपते हुए बोले, "यह! यह क्या है?"

बूढ़े ने धीरे से बाँसुरी हटाई। उसकी आँखों में करुणा थी। वह मुस्कराया नहीं, पर जैसे भीतर से कोई सत्य उसके चेहरे पर उतर आया हो। उसने कहा "हर इंसान एक

कठपुतली है, बेटा किसी न किसी मजबूरी का, किसी दर्द का। ये नाचते हैं क्योंकि किसी ने कहा कि नाचो। कोई कहता है परिवार की इज़्ज़त के लिए नाचो। कोई कहता है सपनों को छोड़ दो। कोई कहता है चुप रहो। मगर जब वो खुद चलना शुरू करें, तभी असली जीवन शुरू होता है।"

विवेक की आँखें फैल गईं। वह शब्दों का अर्थ समझते हुए भी डर रहा था। जैसे बूढ़े ने उसके मन की गाँठ खोल दी हो। कठपुतली नाचती रही, पर उसकी आँखों के आँसू स्पष्ट दिख रहे थे। मानो वह खुद भी थक चुकी हो इस नृत्य से।

विवेक ने काँपते स्वर में पूछा, "क्या क्या मैं भी?"

बूढ़े ने सिर हिलाया। "जब तक तुम अपने धागों को पहचानोगे नहीं, तब तक तुम्हें कोई भी नचाता रहेगा। डर, प्रेम, समाज, अपेक्षा सब धागे हैं। तुम चाहो तो उन्हें काट सकते हो लेकिन उससे पहले जानना पड़ेगा कि धागे कहाँ बंधे हैं।"

विवेक कुछ बोल नहीं पाया। उसकी साँसें तेज़ चल रही थीं। उसकी आँखों में विवशता और आश्चर्य दोनों थे। उसने देखा कठपुतली अब भी नाच रही थी, पर उसके आँसू जैसे कह रहे थे "मुझे खुद चलना है।"

वह वहीं खड़ा रह गया। कुछ देर बाद बूढ़े ने फिर बाँसुरी बजानी शुरू कर दी। सुर जैसे सीधे विवेक के भीतर उतर गए। वह झुककर प्रणाम करना चाहता था, पर उसी क्षण धुन बदल गई धीमी, शांत, स्वीकार्यता से भरी।

अगली सुबह वह कुटिया फिर देखने गया। पर वहाँ कुछ भी नहीं था। न बूढ़ा, न बाँसुरी, न नृत्य करती कठपुतली। सिर्फ़ ज़मीन पर एक कागज़ पड़ा था। उसने काँपते हाथों से उठाया। उसमें लिखा था: "अब तुम अपने धागे खुद संभालो।"

विवेक की आँखें भर आईं। जैसे किसी ने उसकी आत्मा को छू लिया हो। कुटिया अब रहस्य नहीं थी, एक संदेश बन चुकी थी।

वह कागज़ उसके लिए केवल एक नोट नहीं, बल्कि एक जीवन-दिशा बन गया। हर उस इंसान की कहानी जो अपने सपनों, प्रेम, परिवार या समाज की अपेक्षाओं में बंधा रहता है यह उसका आईना था।

उस दिन से विवेक समझ गया डर भी एक धागा है, जिसे काटे बिना रास्ता नहीं मिलता। और कहीं दूर, आर्या की आँखों में भी जैसे वही संदेश चमक रहा था। क्योंकि भीतर से वह भी जानती थी कि हर व्यक्ति को अपने धागों की पहचान करनी होगी तभी उसका असली जीवन शुरू होगा।

13: निद्रा

सुबह का समय था। हल्की धुंध से ढकी नदी के किनारे की मिट्टी पर ओस की बूँदें चमक रही थीं। आसमान में हल्की सुनहरी रेखा उभर रही थी। जानकी चुपचाप वहीं बैठी थी जैसे वर्षों से बिना बोले अपने मन के समुद्र में डूबी हो। तभी विवेक वहाँ आया। उसकी आँखों में अब वैसी घबराहट नहीं थी, बल्कि एक नई स्थिरता थी।

वह धीरे से जानकी के पास बैठा और झुककर बोला, “मुझे अब अपना लक्ष्य मिल गया है। अब मैं जान गया हूँ कि मुझे किस दिशा में जाना है।”

जानकी की आँखों में करुणा झलकी। वह हल्के से मुस्कुराई, फिर उसकी नज़र आर्या पर गई जो पास ही खड़ी थी। आर्या की आँखों में एक कोमल मुस्कान फैल गई जैसे वह सब समझ गई हो। उसने शांत स्वर में कहा,

“जब आवाज़ भीतर से आए और दिशा मिल जाए, तो बस उसी दिशा में बढ़ते रहो यही जीवन की असली साधना है।”

इतने में विवेक की नज़र उस कुटिया की ओर गई जहाँ गणेशदत्त बैठा था। उसकी आँखें फैल गईं। “पर वो तो” वह जैसे कुछ कहना चाहता था।

आर्या मुस्कुराई। “हाँ, गणेशदत्त ने अपना शरीर तो कई साल पहले त्याग दिया। पर जो दिशा दिखा जाए, वह कभी समाप्त नहीं होती। कुछ लोग शरीर से नहीं, अपने ज्ञान और करुणा से जीवन में उपस्थित रहते हैं। उन्होंने तुम्हें बुलाया ताकि तुम अपने धागों को पहचान सको।”

विवेक की आँखें भर आईं। उसके होंठ काँपते रहे। तभी आर्या ने धीरे से एक पुरानी डायरी उसके हाथ में दी। “रेवा की आख़िरी डायरी है इसे देखो। शायद इसमें तुम्हें और उत्तर मिलें।”

विवेक ने काँपते हाथों से डायरी खोली। कुछ पन्नों को पलटते हुए उसकी आँखें एक जगह ठहर गईं। उसने गहरे स्वर में पढ़ा "आर्या दीदी आप सबका उपचार करती हैं, किंतु नींद भी एक उपचार है मृत्यु भी एक दवा है थके हुए मन के लिए। इस गहरी निद्रा में व्यक्ति को कोई जगाने वाला, कोई त्रासदी देने वाला नहीं है। जानती हूँ, कई लोग इसे कायरता समझेंगे, किंतु खुद के लिए जो उचित हो, वही करना हमारे मन को शांति प्रदान करता है।"

विवेक की आँखों से आँसू गिर पड़े। उसने डायरी बंद कर ली। उसकी साँसें तेज़ हो गईं। आर्या की आँखें भी भर आईं। वह धीरे से सिर झुकाकर बैठ गई जैसे रीवा की पीड़ा उसके भीतर समा गई हो।

कुछ पल की चुप्पी के बाद विवेक ने डायरी के दूसरे पन्ने पलटे। वहाँ जानकी द्वारा लिखी कई कविताएँ थीं गहरी, सरल और हृदयस्पर्शी। एक कविता में लिखा था:

"शब्द भी थकते हैं,

जब मन में गहरे घाव हों।

तब मौन ही मरहम बनता है,

और आँसू ही वेद बनकर बहते हैं।"

विवेक चौक पड़ा। उसकी आँखें बड़ी हो गईं। वह जानकी की ओर देखने लगा। उसकी आँखों में सम्मान झलक रहा था।

"आपको इतना अच्छा लिखने और पढ़ने का शौक है?" उसने विस्मित होकर पूछा।

जानकी ने हल्के से सिर झुका लिया। उसकी आँखों में हल्की मुस्कान थी। उसने कुछ नहीं कहा, पर उसकी नज़रें जैसे कह रही थीं "शब्द तो मन का सहारा हैं।"

विवेक एक पल को ठहर गया। फिर जैसे अपने आप कह उठा, "आपकी कविताएँ आपके शब्द बेहद सुंदर हैं। आप तो मन की गहराइयों को समझती हैं आपको देखकर लगता है जैसे आप सच में ज्ञान का सरोवर हैं हालाँकि

आप मेरी उम्र की ही हैं पर आपके भीतर जो करुणा है, वह किसी ऋषि से कम नहीं।"

आर्या ने यह सुनकर मुस्कराते हुए जानकी की ओर देखा। उसके होंठों पर संतोष की रेखा फैल गई।

"हाँ जानकी मेरे लिए माँ जैसी ही है," उसने धीरे से कहा, "माना की वो मेरी बड़ी बहन की उमर की है लेकिन सच्चा साथ उम्र से नहीं, मन से मिलता है। जिसने तुम्हारे दर्द को समझा, वही तुम्हारा अपना बन जाता है।"

विवेक की आँखें भीग गईं। उसने डायरी छाती से लगा ली। जैसे पहली बार उसे अपने दर्द का सहारा मिल गया हो। सूरज अब पूरी तरह निकल आया था। नदी की लहरें चमक रही थीं। पर उस सुबह वहाँ सिर्फ़ जल की चमक नहीं थी वहाँ एक नई आशा, एक नई दिशा और आत्मा की शांति की लौ जल रही थी।

दिन चढ़ चुका था। सूरज की गर्मी धीरे-धीरे फैल रही थी, लेकिन गाँव की नमी अब भी हवा में घुली थी। उस दिन विवेक का मन स्थिर था। सुबह की घटनाएँ, डायरी की पंक्तियाँ और जानकी की कविताएँ उसके भीतर गूंज रही थीं। उसे पहली बार लगा कि दर्द को शब्दों में ढालना किसी उपचार से कम नहीं। वह पूरे दिन सोचता रहा "इन कविताओं को दुनिया तक पहुँचाना चाहिए। कितने लोग होंगे जो जानकी की भावनाओं में अपना दर्द पाएँगे।"

शाम से पहले वह जानकी के पास पहुँचा। वह हमेशा की तरह चुप बैठी थी, पर उसकी आँखें उस समय शांत और संयत थीं। विवेक ने धीरे से कहा, "जानकी अगर आप अनुमति दें मैं आपकी कविताएँ प्रकाशित करवाना चाहता हूँ। लोग उन्हें पढ़ें शायद उन्हें भी राहत मिले, जैसे मुझे मिली है।"

जानकी ने चौंककर उसकी ओर देखा। उसकी आँखें भर आईं। जैसे वर्षों का मौन टूटने लगा हो। वह कुछ कह नहीं पाई। उसकी आँखों में आश्चर्य, विश्वास और राहत की चमक थी। पहली बार उसने महसूस किया कि कोई उसे समझता है उसकी चुप्पी, उसका दर्द, उसके शब्द।

विवेक ने आगे बढ़कर नरमी से कहा, “आपकी कविताएँ सिर्फ़ शब्द नहीं ये मन की पुकार हैं। मैं चाहता हूँ कि दुनिया इन्हें पढ़े। अगर आप चाहें तो मैं आपकी मदद करूँ किसी प्रकाशक से बात करूँ या खुद छपवाऊँ। आप जो चाहें कहिए।”

जानकी की आँखों से आँसू बह निकले। उसने धीरे से सिर झुका लिया, पर उसके चेहरे पर मुस्कान थी। उसने पहली बार धीमे से कहा, “मुझे किसी ने इतने अच्छे से कभी नहीं समझा।”

विवेक की आँखें भी भर आईं। उसने मन ही मन कहा। “मैं आपके शब्दों का सम्मान करूँगा।”

दोनों कुछ देर चुप बैठे रहे। न शब्दों की आवश्यकता थी, न किसी औपचारिकता की। उनके बीच एक अनकहा रिश्ता बन चुका था। विवेक ने महसूस किया कि उसका मन भी हल्का हो गया है। जैसे वर्षों का बोझ किसी ने साझा कर लिया हो।

सूरज धीरे-धीरे अस्ताचल की ओर झुक रहा था। नदी की सतह पर लालिमा तैर रही थी। गाँव में चुप्पी थी, बस कहीं दूर से घंटियों की आवाज़ आ रही थी। जानकी ने थाली में दीप सजाया, फूल रखे और आरती की तैयारी की। उसकी आँखें ध्यान में डूबी थीं, जैसे वह अपने मन की व्यथा और करुणा को प्रार्थना में समेट रही हो।

लेकिन आर्या का स्वास्थ्य अब बहुत बिगड़ चुका था। पिछले कई दिनों से उसका शरीर कमज़ोर होता जा रहा था। साँसें भारी हो रही थीं। आँखों की चमक मद्धिम पड़ती जा रही थी। उस शाम, आरती की लौ के सामने बैठते समय वह तड़प उठी। दर्द की लहरें उसके शरीर में

दौड़ती रहीं। उसने हाथ उठाने की कोशिश की पर हाथ काँपते रहे।

जानकी ने घबराकर उसका हाथ थामा। “आर्या क्या हुआ?” उसकी आवाज़ काँप रही थी।

आर्या ने धीमे से मुस्कुराने की कोशिश की। “कुछ नहीं बस अब समय आ गया है।”

विवेक भी पास आया। उसके चेहरे पर चिंता साफ दिख रही थी। वह आर्या का हाथ थामे खड़ा था। उसकी आँखें नम थीं। पर आर्या की आँखों में अब एक अजीब शांति थी जैसे वह अपने भीतर सब स्वीकार कर चुकी हो।

आर्या ने दोनों की ओर देखा। “जानकी विवेक सुनो” उसकी आवाज़ बहुत धीमी थी, फिर भी हर शब्द साफ था। “जीवन एक यात्रा है। मैंने जो सेवा की वह तुम दोनों से ही आगे बढ़ेगी। शब्दों से उपचार करो करुणा से मन को सहारा दो। हर व्यक्ति अपने धागे खुद संभाल सकता है बस उसे अपना मन पहचानना होगा। जानकी मां तुम्हारी

कविता तुम्हारा मौन तुम्हें दिशा देगा। विवेक अपने दिल की आवाज़ पर चलना किसी और के शब्दों से नहीं।"

उसकी साँसें धीमी होने लगीं। उसकी आँखें दोनों पर टिकीं। "जब मन थक जाए तो उसे नींद दो जब दर्द बढ़ जाए तो उसे शब्द दो और जब समय आ जाए तो डर मत बस मुस्कुराकर विदा हो जाना।"

उसने विवेक कहां कसकर पकड़ "बस एक कृपा कर दो जानकी का मेरे सिवा इस दुनिया में और कोई नहीं है मैं उन्हें तेरे भरोसे छोड़कर जा रही हूं।"

इतना कहकर उसने अपनी आँखें बंद कर लीं। उसके चेहरे पर शांति छा गई। मानो वह किसी गहरे ध्यान में लीन हो गई हो। कुछ ही क्षण बाद उसका शरीर निश्चल हो गया। दीपक की लौ स्थिर हो गई। बाहर हवा थम गई।

जानकी फूट-फूट कर रो पड़ी, पर उसकी आँखों में एक संकल्प भी था आर्या की वाणी अब उसकी दिशा थी।

विवेक ने सिर झुकाकर प्रणाम किया। उसकी आँखों से आँसू बहते रहे, पर उसका मन मजबूत हो गया।

उस रात दोनों ने आर्या के अंतिम शब्दों को अपने हृदय में बसाया। उन्हें लगा जैसे आर्या अभी भी उनके साथ है उनकी साँसों में, उनकी प्रार्थनाओं में, और उन शब्दों में जिन्हें वे आगे दुनिया तक पहुँचाएँगे।

14: नया सवेरा

नई सुबह की किरणें धीरे-धीरे गाँव की धरती पर उतर रही थीं। रात का अंधकार जैसे स्मृतियों में छिप गया हो। हवा में एक शांत सौंधापन था, मानो प्रकृति भी इस नए आरंभ का स्वागत कर रही हो। आर्या की विदाई के बाद कई दिन बीत चुके थे, लेकिन उसकी उपस्थिति अभी भी सबके मन में जीवित थी। उसकी बातें, उसकी मुस्कान, उसकी करुणा सब कुछ मानो उनके साथ चल रहा हो।

विवेक ने उस सुबह लंबी साँस ली। उसने देखा जानकी आँगन में दीप जलाकर प्रार्थना कर रही है। उसके चेहरे पर पहले जैसा ग़म तो था, पर उसमें एक दृढ़ता भी झलक रही थी। जैसे उसके भीतर कोई नई ताक़त जन्म ले चुकी हो।

विवेक धीरे से उसके पास गया। “जानकी” उसने धीरे से पुकारा।

जानकी ने आँखें खोलीं। उसकी आँखों में हल्की मुस्कान थी, पर वह संकोच से भरी हुई थी।

विवेक ने बिना किसी भूमिका के कहा, “मैंने तय कर लिया है हम शहर चलेंगे। वहाँ हम आर्या दीदी के सपनों को पूरा करेंगे। उनकी कुटिया को बड़ा अस्पताल बनाएँगे। आपकी कविताएँ प्रकाशित कर दुनिया तक पहुँचाएँगे। कई लोग आपके शब्दों से अपने मन का सहारा पाएँगे।”

जानकी की आँखें एक पल को ठहर गईं। जैसे उसका मन अंदर ही अंदर डोल उठा हो। “शहर?” वह धीरे से बोली, “मैं! मैं वहां?”

उसके चेहरे पर भय और संकोच साथ-साथ थे। गाँव की मिट्टी, लोगों का अपनापन सब एक साथ उमड़ पड़े।

"मैं तो यहाँ की हूँ। शहर की चकाचौंध में क्या मैं खुद को संभाल पाऊँगी?" उसकी आवाज़ काँप रही थी। और यह स्वाभाविक भी है जो घटना उसके साथ घटित हुई थी उससे किसी का भी मन सिहर उठता

विवेक ने उसका हाथ थाम लिया। "आप अकेली नहीं होंगी। मैं आपके साथ रहूँगा। आपकी कविताएँ, आपका मन, सब यहीं रहेगा। बस अब इसे और लोगों तक पहुँचाने का समय है। आप जैसा जीवन जीती हैं, वही दुनिया को चाहिए। डरिए मत चलिए, हम साथ चलेंगे।"

जानकी की आँखें भर आईं। कई वर्षों से दबा डर, असहायता और मौन जैसे टूट कर बाहर आ गया। उसने धीमे से सिर झुका दिया। "अगर यह आर्या की इच्छा है तो मैं चलूँगी।"

विवेक की आँखें चमक उठीं। उसके चेहरे पर संतोष की किरण दौड़ गई। "तो तय रहा!" उसने मुस्कुराकर कहा।

कुछ ही दिनों में गाँव में हलचल मच गई। लोगों ने अपने स्तर पर मदद की किसी ने सामान बाँधा, किसी ने गाड़ी की व्यवस्था की, किसी ने शुभकामनाएँ दीं। सबकी आँखों में भावनाएँ थीं। विदाई का दर्द भी और गर्व भी कि उनकी बेटी, उनकी बहन अब दूसरों के जीवन में रोशनी बाँटेगी।

शहर पहुँचे तो शुरुआत आसान नहीं थी। किराए का छोटा-सा घर लिया गया। नए लोगों से मिलना, नई जगह की भाषा समझना, व्यवस्था बनाना सब चुनौती थी। लेकिन जानकी और विवेक ने हार नहीं मानी। धीरे-धीरे उनका घर एक छोटे-से केंद्र में बदलने लगा। दीवारों पर आर्या की तस्वीर लगी। उसके शब्द फ्रेम में क़ैद होकर दीवारों पर चमक रहे थे: "जब मन थक जाए उसे नींद दो। जब दर्द बढ़े उसे शब्द दो। और जब समय आ जाए मुस्कुराकर विदा हो जाओ।"

विवेक ने जानकी की कविताओं को संकलित किया। उन्हें संपादित किया, छपवाया, और एक पुस्तक का रूप दिया

“मौन के स्वर”। किताब जैसे ही प्रकाशित हुई, शहर भर में उसकी चर्चा होने लगी। कई मानसिक स्वास्थ्य विशेषज्ञों ने उसकी संवेदनशीलता की सराहना की।

इधर, आर्या की कुटिया अब बड़े अस्पताल में बदल चुकी थी। इसका नाम रखा गया “आर्या मानसिक स्वास्थ्य केंद्र”। यहाँ मुफ्त में परामर्श, ध्यान, योग, उपचार, मनोवैज्ञानिक सलाह, और औषधीय उपचार दिए जाने लगे। गाँव में भी इसकी शाखा खुली। वहाँ आने वाले लोग अब खुद को अकेला नहीं मानते। हर व्यक्ति अपने मन की पीड़ा लेकर आता, और लौटते समय आँखों में राहत और चेहरे पर आशा लिए जाता।

जानकी अब सिर्फ़ कविता नहीं लिखती थी वह लोगों के मन की धड़कनों को शब्द देती थी। विवेक प्रशासन, चिकित्सा और व्यवस्था संभालता। दोनों ने मिलकर सेवा को अपने जीवन का उद्देश्य बना लिया। धीरे-धीरे शहर में भी उनकी पहचान बढ़ती गई। लेकिन उन्होंने अपनी

जड़ों को कभी नहीं भुलाया। हर त्योहार पर गाँव जाकर सेवा शिविर लगाते। बच्चों को पढ़ाते, बुज़ुर्गों के लिए ध्यान सत्र करते। उनके लिए वे अब प्रेरणा बन चुके थे।

मंगल बेला आई। एक सुंदर दिन चुना गया। शहर और गाँव दोनों के लोग इकट्ठा हुए। आर्या की तस्वीर के सामने दीप जलाकर विवाह का संकल्प लिया गया। जानकी और विवेक ने एक-दूसरे के हाथ थामे और कहा "हम साथ चलेंगे सेवा में, शब्द में, जीवन में"

उनका विवाह सादा लेकिन बेहद अर्थपूर्ण था। न कोई आडंबर, न दिखावा बस सच्चा प्रेम, सेवा की भावना और जीवन को सार्थक बनाने का संकल्प।

विवाह के बाद दोनों ने गृहस्थ जीवन की शुरुआत की। उनका घर सेवा का केंद्र बना रहा। वे अपने कार्य में डूबे रहे। धीरे-धीरे उन्होंने कई मानसिक स्वास्थ्य कार्यशालाएँ शुरू कीं। स्कूलों में जाकर बच्चों को मन की सेहत के बारे में बताया। महिलाओं के लिए ध्यान और

परामर्श केंद्र चलाया। लोगों ने उन्हें अपने परिवार का हिस्सा मान लिया।

यह कहानी यहीं खत्म नहीं होती। यह तो शुरुआत है। एक जीवन के अंत ने दो जीवनों को उद्देश्य दिया। दुख के अंधेरे में सेवा की रोशनी जली। शब्दों ने पीड़ा को सहारा दिया। प्रेम ने टूटे मनों को जोड़ा। और सबसे बड़ा संदेश यही है जीवन अनमोल है। इसे दूसरों के लिए उपयोग करना सबसे बड़ा धर्म है।

हर व्यक्ति अपने मन की पीड़ा से जूझता है। पर यदि वह अकेला न रहे, तो हर कठिनाई आसान हो सकती है। सेवा में शक्ति है, करुणा में उपचार है, और शब्दों में दिशा है। कभी-कभी मौन भी सबसे सुंदर भाषा होता है। जब समय आ जाए, डरना नहीं शांति से विदा लेना भी जीवन का हिस्सा है। परिवार का प्यार, दोस्त का सहारा, और समाज की समझ मिलकर किसी भी टूटे मन को फिर से जोड़ सकते हैं।

यह दुनिया धागों की है। हर व्यक्ति किसी न किसी बंधन, डर, उम्मीद, या दर्द के धागों में बँधा है। पर जो इन धागों को तोड़कर अपने धर्मावत पथ पर चलता है, वही जीवन को सार्थक बना पाता है वही सच्चे अर्थ में जीता है।

www.ingramcontent.com/pod-product-compliance
Lightning Source LLC
LaVergne TN
LVHW060254051026
849517LV00003B/808